メディアワークス文庫

冥官・小野篁の京都ふしぎ案内
～からくさ図書館移動別館～

仲町六絵

目　次

プロローグ

私立からくさ図書館には、裏庭がある。

春には紫のスミレが咲き、初夏にはユスラウメが赤く実る。

秋にはツワブキが黄の花を灯《あか》りのように掲げ、冬には南天の赤い実が雪に映える。

植物たちが生命と四季を謳歌《おうか》する、その点だけならば同じ京都市内に素晴らしい庭がいくつもある。神社にも、寺にも、京都御所にも、個人の屋敷《やしき》にも、数え切れないほどの名庭が息づいている。

しかし、からくさ図書館の庭には誇れる特徴が二つある、と館長の篁《たかむら》は思う。

一つは、利用客が本や飲み物と一緒に庭の景観も楽しめることだ。

閲覧室の大きな窓を通して庭を眺めるも良し。庭に出て藤棚の下のテーブルで過ごすも良し。四季を通して何らかの花や実を観賞できるよう工夫を凝らした庭で、非常に評判が良い。

もう一つの特徴は、普通の人間には話せない。

からくさ図書館の庭に繁茂する植物たちは、館長の篁や助手の時子《ときこ》に力を貸してくれる。何の力かと言えば、あの世とこの世を行き来する冥府の官吏——つまり冥官《めいかん》の力だ。

京都市の一角にたたずむ煉瓦《れんが》作りの図書館は、かつては生身の人間だった二人の住《すみ》処《か》であり、篁の縄張りなのだ。

「もう一つ、取り柄があるわよ。篁」

庭のテーブルで朝の紅茶を飲みながら、時子が言った。栗色《くりいろ》の髪がクラシカルなワンピースの胸元に流れ、優雅な曲線を描いている。猫を思わせる吊《つ》り気味の目の愛らしさに、篁は思わずにやけてしまう。

「何でしょう、時子様」

冥官としての経験年数が圧倒的に少ない時子に、篁は「様」をつける。生身の人間であった平安時代の初め、時子は帝《みかど》の娘であり、篁は臣下だったからだ。

「冥府に通じる井戸があること」

時子は、庭の一角にある円い井戸を指差した。井戸のかたわらにはハート型の葉が青々と茂っている。上賀茂神社《かみがもじんじゃ》と下鴨神社《しもがもじんじゃ》の神紋、双葉葵《ふたばあおい》だ。

「あの井戸は、私の努力で築いたものではありませんからね。冥府というあの世の役所が作ってくれた設備です。個人が誇るわけにはいきませんよ。庭全体の眺めは地球の裏側にまで自慢できますが」

「傲慢なのか謙虚なのか分からないわね」

「私は平安時代の貴族で文人ですからね。己の力を誇るのが当然ですよ」

白いシャツに包まれた胸を張ると、時子が冷ややかな視線を寄越した。

「何も知らない人が見たら、衣装を着けずに劇の練習をしてる人みたいだわ……」

「まあ、現代人の格好をしてますからね」

生身の人間としての篁は平安時代に五十代で病死したが、外見は現代の大学生か院生風に調整している。年齢は二十七、八歳、髪は襟足を短く、前髪をやや長めにして額に垂らし、街のどこにでも溶けこめそうな姿だ。

「お茶の片付けが済んだら、ユスラウメの収穫をしていいかしら。まだ開館まで時間があるから」

「お願いします。私もお手伝いしましょうか？」

「いいわ。一人でやる。……ありがとう」

顔をそらしてから言った「ありがとう」と少し赤い顔を見て、篁は察した。ユスラウメの木は低く、さほど大きくはない。二人で収穫すると、互いの距離がやたらと近くなってしまうのだ。

「時子様。近いうちに、見ていただきたいものがあります」

「何？　買いたい本のリストとか、買いたい古書のリストとかかしら」

「だいたい一緒じゃないですか」

「篁が古書店で買う本、高いんだもの」

「絶版本が多いので、否定しません。いえね、制作中の思い出のアルバムですよ」

時子が紅茶を飲み干して、席を立った。何歩か後ろへ下がる。

「何なの、それは」

「私たちと図書館の記録を、画像と注釈付きでまとめようとしています。なぜ後ろへ下がっているんですか、時子様」

「叱る準備をしてしまったわ。経費が高くなったら、上の人たちに怒られる前にわたしが注意しないと」

「古書ほどではありませんよ。それに仕事ではなく、私的な記録です」

「なら、いいけど。もしかして平安時代からまとめるの？」

「もちろん。初めて出会った時子様は、小さなお姫様でした……」

篁は、庭の中心へと腕を伸ばした。図書館の敷地という縄張りの内ならば、意のままに幻を現出させられる。

桃色の唐衣に栗色の髪を広げた優美な姫君が敷石の上に現れた。初めて出会った日の、十一歳の時子だ。

「ちょっと、恥ずかしいんだけど。篁」

「懐かしい。あの日、私は疲れた中年に見えたでしょうね」

「そうでもなかったわよ」

時子は双葉葵の葉を一枚摘んだ。何が起きるのか篁には分かる。時子は井戸端の双葉葵を、自分が見たことのある物に変化させられる。ただし、この図書館の敷地内でのみ有効な術だ。

「ほら。おじさんだけど、強そう」

彫像の如《ごと》く立つ黒装束は、時子に出会った頃の篁だ。年齢は三十九歳、口元には髭《ひげ》が生えそろい、冠の下の黒髪には白髪が若干交じっている。

嵯峨帝《さがてい》に仕えた貴族、小野篁《おののたかむら》。

和歌の名手として知られ、『今昔物語』には六道珍皇寺《ろくどうちんのうじ》の井戸を通ってあの世とこの世を行き来した逸話が残る。『続日本後紀』には、反逆の罪で隠岐《おき》に流されたがすぐに都に返り咲いた件も載っている。

経歴の厳《いか》めしさからして、現代人が想像する自分はたいてい「おじさん」だろうなと篁は思う。

「おじさんだけど頼もしくて面白い先生だった」

「時子様、そっちに見とれないでください。本人がここにいます」

「見とれてないわよ。千二百年前を振り返ってるだけ。斎院《さいいん》の役から降ろされて、じじ様の家でさびしく暮らしていた頃を」

篁も時子もテーブルに戻って、自分たちの現出させた互いの姿を見た。

「こんな風だったのね。わたしと篁」

紅梅色に彩られた幼い姫君は、十一歳の時子だ。占いによってたった二歳で、帝の代役として賀茂《かも》社《しゃ》に仕える巫女《みこ》となった。

その役割の名を、斎院という。

仁明帝《にんみょうてい》の九番目の皇女、時子内親王。二歳で斎院となり、四歳で帝の病により退下させられ、母方の祖父の家で暮らす内に十八歳で世を去った。

そして、祖父を心配するあまり、時子の魂はこの世にとどまった。道なしと呼ばれる、善行を積みながらも強い執着のために現世をさまよう霊となったのだ。

——本来なら冥府で裁定を受け、すぐに天人として優雅に暮らせただろう。

思えば、道なしとなった時子と出会ったのが、篁の大きな転機だった。

――時子様を冥府へ送ろうとやってきた冥官に誘われ、私もまた冥官となった。そして時子様は。

「……退屈だったわ。天人たちの住む天道」

時子もまた、天道へ思いを馳《は》せていたようだ。

「千二百年も天道にいたけれど、何だかぼうっと暮らしていたわ。天道にも冥官の役所があったから、現世の様子を鏡で見せてもらうことが多かった」

「おっしゃっていましたね。内親王だったときは世界が御簾《みす》の向こう、天人だったときは鏡の向こうにあるようだったと」

「『冥官にならないか』って閻魔《えんま》大王《だいおう》に呼ばれたら、知らない男の人が駆け寄ってきたからびっくりした」

その「知らない男の人」とは、今の館長の姿をしている篁のことだ。

「事前に聞かされたでしょうに。生身の人間だった頃の家庭教師が冥官になっていて、再び時子様の教育係になると」

「わたしが知っている篁は、白髪交じりの平安時代のおじさんだったもの」

「そんなに違いますかね」

篁は戯れに、時子が現出させた平安装束の自分の隣に立ってみせた。外見の年齢差は十歳あまりだ。

「こっちが西暦二〇一九年、令和元年の私。あっちが西暦八四〇年、承和七年の私」

――我ながら長生きしたものだ。いや、一度死んだが。

「髭の存在感が強すぎて、別の人みたい」

「うーむ。じゃあ私の術で、ちょっと口髭《くちひげ》を生やしてみましょう。ぱぱっと」

「やめて。髭がかっこいい役者さんはいても、今の篁に髭は嫌」

「拒絶ぶりがすごい」

平安装束の幻が瞬時に消えて、双葉葵の葉が地面に落ちた。篁も、名残惜しく思いつつ幼い時子の姿を消す。

「思い出を残すって、どうするの？　平安時代のことは写真に残ってないでしょう？」

「だからせめて、現世に来てからの写真はたくさん残そうと思うんですよ」

ポケットからデジタルカメラを出して、記録した画像を一つ一つ見せる。

チョコレート色の本棚が並ぶ閲覧室と、同じ色をした一人席のテーブルと椅子。

利用客に提供するコーヒーと紅茶、そのための道具類。

許可を取って撮影した、読書会に参加中の利用客たち。

一時間三百円の利用料が少し安くなる、十一枚綴《つづ》りの回数券。

閉館後にモップで掃除中の時子は、カメラに向かってポーズを取っている。

「この後、サボってないで掃除しろと怒られたんですよね。ノリノリだったのに」

「撮影されるなら可愛《かわい》く写りたいから」

「是非もございません」

古い言い回しで「仕方がありません」と返事をして、篁はまた写真を撮る。ひときわ高いサルスベリの木が、丸いつぼみをつけている。もうすぐ夏が来る。

「写真にどんなキャプションをつけるか、時子様にも考えてほしいんですよ」

「いいわよ。篁のほうが文章は上手だと思うけど……」

「関係ありません」

レンズを向けられた時子が、手で髪を整えて微笑《ほほえ》む。

まだ言えない新しい仕事を思い出して、篁の胸に不安と愛《いと》おしさがよぎった。

第一話　西園寺の狐

真夏が過ぎて、京都の緑が優しくなった。

賀茂川べりの葉桜を橋から眺めながら、篁はそう思う。

緑柱石のような輝かしい緑から、薄絹を一枚まとった翡翠《ひすい》のような穏やかな緑に変わってきた。やがて黄色い葉が交じり、晩秋には燃え立つ赤に変わるだろう。

――美しい秋の始まりです、時子様。

縁無し眼鏡の奥で切れ長の目を細めた。千二百年以上この目で見てきた季節の巡りは、安らぎと適度な緊張感をもたらしてくれる。

――時子様が見ている緑も美しいだろう。そして清々《すがすが》しい。

橋を渡った先の、丘を思わせるほど高く伸びた木々を眺める。下鴨神社の糺《ただす》の森《もり》だ。

時子はそこへ、一人で思索を深めに行った。

――果たして時子様は色良い返事をくださるのか。

時子の姿を思う。栗色の髪をクラシカルなワンピースの背に流し、猫を思わせる吊り気味の大きな目で、篁をまっすぐに見つめてくる。

篁が夢想する答えはこうだ。

――一緒にやりましょう、篁。わたしたちの図書館を、もうひとつ。

わたしたち、という響きを玉露のように味わっていると、後ろで犬が鳴いた。

足下を見ると、茶色い犬がしっぽを振りながら篁のスラックスに鼻を寄せていた。リードを持った見知らぬ老婦人が、申し訳なさそうに会釈する。

「おはようございます。可愛い犬ですね」

「すんまへん。うちの孫くらいの若い人を見ると、喜んでしもて」

篁は「冥官」と呼ばれる地獄の閻魔大王の部下である。生身の人間だった平安時代初期から数えれば千二百歳超えだ。一般的な意味における「若い人」ではない。

「孫は、この子の散歩に走って付き合うてくれてるんです。そやからこの子、若い人みんなに期待してるみたいやわ。一緒に駆けっこしてくれるんかなぁ、て」

「はは、ご期待に応えられず申し訳ない」

篁が「人なつこいですね」と言うと、老婦人はひとしきり愛犬について話した。シニアと呼ばれる年齢になったが散歩が好きなこと、この夏も暑かったので驚くほど水を飲んだことなど。

「ほな、お先に……」

老婦人が歩きだすと、茶色い犬も名残惜しげに振り返りながらついていく。時子がこの場にいれば、さぞかしなでたがったことだろう。

――時子様はまだだろうか。

山並みの上空に伸びやかな雲が見える。積乱雲の季節は終わりつつあった。

横合いから声がした。小さなつむじ風が起きて、白い狐が欄干に舞い降りる。どこかの稲荷社《いなりしゃ》に仕える神狐《しんこ》だろうか。緑色の目が珍しい。

「あなた様は、からくさ図書館の館長、篁様ではありませぬか？　遠い昔から閻魔大王様の部下で、迷える魂を救っているという……」

「閻魔大王の部下はだいたい千二百年、館長歴はもうすぐ七年ですね。なぜ分かったんですか？」

「篁様？」

「あちらの古書市にいらしたでしょう。先月」

白い狐は、糺の森に鼻先を向けた。

八月中旬に糺の森で行われる『下鴨納涼古本まつり』は京都の夏の風物詩だ。緑の中で散策しながら本を探せるとあって、多くの人でにぎわう。

「どっさり古書を買いこむあなた様を見て、人に化けた神狐たちが『篁館長だ』と噂《うわさ》しておったのです。『からくさ図書館が、また蔵書を増やすぞ』と」

「ああ、何人か神狐と行き会って、挨拶した覚えがあります」

古書市に集まるのは人間だけではない。あちこちの稲荷社から神狐もやってくる。

森の奥では神狐同士が集まって、その日に買った古書を見せ合うらしい。

「あのとき、お急ぎの様子だったので追いかけはしなかったのですが……」

白い狐は言葉をいったん途切れさせ、再び口を開いた。

「今朝は橋でじっと立っておられるので、何かお悩みかと思うたのです」

篁には、この狐自身が悩みを抱えているように思えた。勘とも、年の功とも言う。

「お気遣いありがとうございます。ご心配にはおよびませんよ。私の助手が糺の森に行ったので、ここで待っているところです」

「篁様の助手と言えば、時子姫。いにしえの帝の血筋であられるとか」

「よくご存じですね」

時子もまた、平安時代を生きた者だ。篁よりも二十年以上遅れて、天皇の娘として生まれた内親王である。

「存じておりますとも！　仁明帝の皇女、時子内親王様。篁様は、時子姫に歌や詩など教えておられたのでしょう？　なんと雅《みやび》なことでしょう」

「殺伐とした政治の話も教えた覚えがあります。たとえば、嵯峨帝に逆らって隠岐へ島流しになった詳しい経緯や、本来は死罪だったことなど」

神狐は彫像のように動きを止めた。返答に困ったのかもしれない。

「千年以上も前の、過ぎたことです。ところで、どちらの稲荷社からおいでになったのですか？」

「あっ、申し遅れました。わたくしはこの近くの、西園寺《さいおんじ》境内の稲荷社に仕える神狐です。散歩がてら近辺の見回りに行くよう、稲荷神から仰せつかったのです」

西園寺は、貴族の西園寺家に縁のある由緒正しい寺だ。境内には小さいながらも稲荷社がある。

「そうでしたか。朝早くから、見回りお疲れ様です」

「とんでもない。おかげで篁様にご挨拶がかないました」

身元は告げたものの自身の名を言わない神狐に篁は疑問を持ったが、そういう神狐もいるだろう、と思って放念した。

「あのう、篁様。もしよろしければ、糺の森の様子を見て参りましょうか？」

「それには及びません。少しばかり考えをまとめたいだけだと、時子様はおっしゃっていましたから」

「はて」

神狐は不思議そうに小首をかしげた。

「今気づきましたが、篁様。図書館でお待ちになっても良いのでは？」

初対面で、なかなか踏みこんでくる神狐である。

「すぐにでも時子様のお返事を聞きたいので、こうしてお待ちしています」

「あ、愛が重い……。いや失礼」

うっかり漏らしたらしい感想を、篁は否定しない。自分でも分かっている。

「時子様にも言われました。図書館で開館準備をしながら待っていれば良いと」

話しながら篁は、腕時計を見た。朝の七時前だ。

「しかし開館は十一時ですからね。暇で仕方ないから待たせてほしい、とお願いしました」

「いったい、何のお返事を待っておられるのですか？　さしつかえなければ、わたくしにもお教え願いたいものです」

「むしろ、あなたのお耳に入れておきたいですね。京都全体に関わることですから」

「京都全体に？　それはぜひともお聞きしたい」

「では、移動しましょうか」

篁は周りを見渡した。わずかだが人通りが増えてきている。

「聞こえない程度の声で話してはいますが、ずっと立っていると怪しまれそうです」

「確かに。身投げと思われても大変です」

「川べりに降りましょう。時子様なら見つけてくださいます」

「ややっ、のろけですか。二人の仲ならばすぐ見つけられるという」

「いえ。のろけるような不埒《ふらち》な仲ではありませんよ」

教育係の立場でありながら、時子に不埒な関係を持ちかけるか否か――という問題について、篁は以前大いに迷った。しかし初対面の相手に話す内容ではない。

石段を下りて川べりに座った。

浅い流れに魚を狙う白鷺《しらさぎ》がたたずみ、赤い花房をつけた緑の枝が揺れている。サルスベリだ。

「西園寺の神狐さん。私の図書館について、どこまでご存じですか？」

「多くは知らないのです」

西園寺の神狐は、篁の隣に座った。見上げてくる緑の目は竹林を思わせる。

「ここから今出川通《いまでがわどおり》を東へ行くと、赤い煉瓦の図書館がある。その名は『からくさ図書館』。生きた人間だけでなく、行き場を失った『道なし』と呼ばれる魂も引き寄せられるのだと、他の神狐に聞きました」

「そうですね。『道なし』についてもう少しご説明いたしましょうか」

「ぜひともお願いいたします。わたくし世間知らずでして」

神狐にも、世間知らずと呼ばれる者がいるのだろうか。多分そうなのだろう。

篁は、できるだけ簡単な言葉で自分の仕事について教えることにした。

「行き場を失った魂の中でも特別なのが『道なし』です」

「はて、なにゆえ？」

「道なしとは、生前に良い行いをした、本当なら天人になれるような立派な魂です。しかしこの世に強い執着を残しているので、あの世へ行けない」

「立派な魂であるだけに、この現世に残る力も強いのですな。道なしは」

世間知らずと言うが、呑《の》みこみは早い。

「そうです。私は生身の人間であった頃から、道なしをこの世から送り出す仕事をしてきました」

「篁様の——冥官・小野篁の伝説は、存じ上げております。平安の頃、帝に仕えながらも閻魔大王の部下となり、六道珍皇寺の井戸からあの世の役所に通ったと」

二足のわらじに励みすぎて五十代前半で早死にした——と篁は思っているのだが、それはまた別の話である。

「平成の終わり頃に、篁様はからくさ図書館を作ったと聞き及んでおります。生きておられた頃に教え子であった、時子姫を助手として」

「おっしゃる通りです。そしてこの度、別館を作ることになったのです。移動できる図書館を」

「自動車を使うのですか？　あのような大きい……」

西園寺の神狐が前足で示したのは、橋を渡っていくワゴンであった。

「人間たちの移動図書館は、大きな自動車を使いますよ。山の多い地域などで」

「やっぱり！　わたくし、少しは人間の営みを知っているのです」

竹林を思わせる緑の目が、真昼の陽光を浴びたかのように光る。得意げだ。

「ですが、私の別館は乗り物を必要としません。京都のあちこちに忽然《こつぜん》と現れます」

信じてくれるだろうか――と思いつつ、篁は言った。

幸い、西園寺の神狐は相変わらず緑の目を輝かせている。

「玄妙《げんみょう》な術を使われるのですね、篁様」

「時子様は本館で助手をしてくださっていますが、別館でもお手伝い願えないか、つい最近お尋ねしたところなのです」

「なるほど。その件について、時子姫は考えておられるのですね。訪れる者の心根を問いただすと言われる、糺の森で」

篁は笑顔でうなずいた。

時子の話題になると口元と目元がゆるみがちだ。

「それにしても、篁様。なにゆえ、新たなる別館を作ることになったのですか？」

申し訳ないが、ここからは本音と建前が混じる。

真実を言えるのは時子だけだ。

「新たな世代のためです。これから冥官となる者たちのために、京都で起きる不思議を記録する必要があるのです」

「わたくし、知っております」

西園寺の神狐が目を輝かせた。

「貴族の皆様方は、お仕事の様子を日記に書いて、子孫のために残したのです。西園寺家ゆかりの方で言えば藤原実資《ふじわらのさねすけ》様の『小右記《しょうゆうき》』が有名でございますね」

「そうですね。『小右記』なら、うちの図書館にもあります」

嬉《うれ》しそうに西園寺の神狐はしっぽを振っている。

「移動する図書館があれば、京都のあちこちで不思議な出来事を知り、記録できるわけです。不思議な出来事によって困っている人間を助けることもできます」

助ける。

ついでのように言った、こちらのほうが主な目的だ。

篁は、千二百年磨いてきた冥官の力で人助けをしたい。だからと言って「人助けのために移動図書館を作るので許可をください」では閻魔大王も困る。閻魔庁《えんまちょう》もお役所なのだ。

「新たなる世代のために記録を作りつつ、霊、あやかしについて困っている者たちを助けるのですね。大切なお仕事です」

西園寺の神狐は、建前も本音も分け隔てなく呑みこんでくれたようだ。

「時子姫は、熟考する場として下鴨神社の糺の森を選ばれたのですね」

「ええ。賀茂社は、生身の人間だった頃の時子様にゆかりの深い場所です」

賀茂社とは、下鴨神社とその北側の上賀茂神社を併せた古い呼び名だ。

その呼び方に戸惑うことなく、西園寺の神狐は「存じております」と言った。

「かつて賀茂社では、帝の姫が代々巫女を務めておられたのですよね。栄えあるその称号は『斎院』。時子姫は幼き頃に占いで斎院に選ばれたとか」

遠い過去が篁の心をよぎる。

数え年二歳で斎院に選ばれた時子は、四歳のときに斎院を退下させられた。帝が病気になったという、時子本人には関わりのない理由で。

当時、位を退いた斎院は結婚を許されなかった。母方の祖父のもとで暮らしていた時子の無力感を、現代で言う家庭教師だった自分はよく知っている。

「篁様。きっと時子姫は、良きお返事をくださいます。わたくし、西園寺に帰りましたら稲荷神にお伝えいたします」

「よろしくお願いします」

見回りの途中に話を聞いてくれたことに対して篁が礼を言おうとしたそのとき。

「こんにちは」

時子の声がして、驚いて振り返る。

――いつの間に、後ろに。

油断していた。時子と自分の過去に思いを馳せていて、気配にも足音にも気づかなかったのか。

「初めまして、時子姫！　西園寺の稲荷社に仕える神狐でございます」

元気な挨拶をした神狐に、時子は優しく微笑んだ。

「初めまして。西園寺《さいおんじ》公経《きんつね》さんの建てたお寺ね」

自分の住処を知っていると言われて、緑の目がまた輝いた。

「時子様。お疲れ様です」

「待たせたわね、篁。退屈しなかった？」

「いえ。西園寺の神狐さんが話し相手になってくださいましたので」

「そうなのです。お役目について伺っておりました。時子姫もぜひご助力を、と」

「別館の話なら、ひとまず様子を見させてもらうわ。篁のお手並み拝見」

篁が何か反応する前に、西園寺の神狐が気まずそうにうつむいた。

「……分かりました」

篁は最小限の言葉で承諾した。時子には時子の考えがあるのだ。その認識は苦くもあり、頼もしくもある。

「では、時子様は保留中と、稲荷神に報告いたしまする」

悲しげに西園寺の神狐が言った。

「ごめんなさい。景気の良くない話になってしまって」

時子がお辞儀をして、西園寺の神狐に詫《わ》びる。

「いえ、いえ。時子姫はお気になさらず」

篁はまた、神狐が悩んでいるのを感じた。

道なし以外も助ける、からくさ図書館移動別館。その滑り出しがスムーズには行かないのを、この神狐は悲しんでいるらしい。

——本当は古本祭りで私を見かけたとき、何か話したかったのではないか。

篁は名刺入れから一枚のカードを出した。表面には「からくさ図書館」の名と唐草文様、裏には簡単な地図や開館時間などが印刷してある。

「西園寺の神狐さん。よろしければ当館の案内をお持ちください」

「あっ、いただきます。これはハイカラなものを」

「もし何かあれば、からくさ図書館においでください。お手伝いできることもあるかもしれません」

「かたじけのうございます」

神狐は両前足で受け取ったカードを、脇腹の毛並みにさくっと突き立てた。まるで切腹――と篁が思っている間に、ポストに投函《とうかん》された手紙のごとくするりと消えた。

「すごい、どうなってるの？」

「ふっふっふ、時子姫。わたくしの知り合いには、分厚い本も毛並みにしまえる神狐がおりますよ」

いずれまた、と挨拶をして、西園寺の神狐は賀茂川《かもがわ》沿いを北へと駆けていく。躍動しつつ遠ざかる白いしっぽの向こうに、満開のサルスベリが何本か見える。

「カード、お腹《なか》の毛並みに入れていったわね。西園寺の神狐さん」

「晴明《せいめい》様に聞いた話では、人間を毛並みに隠せる神狐も存在するそうです」

「有袋類《ゆうたいるい》……ではないのよね」

時子が真面目な顔で言った。カンガルーやコアラを連想したらしい。

「袋で子どもを育てるわけではないから、違うと思いますよ」

篁もまた真面目に答えると、時子は声を出さずに笑った。

「ねえ、篁。パン屋さんに寄りたいのだけど、いいかしら」

「もちろんですよ」

別館への協力を断っても、自分たちの関係は変わらない。時子の誘いは、そう伝えているかのようだ。

「チェリーデニッシュはこの間食べたから、今度は甘くないのがいいかしら。くるみパンとか、おからパンとか」

品名で分かる。時子が行きたいのは、近所の「ベーカリー満月亭《まんげつてい》」だ。

「昨日買った上賀茂トマトと合うのは、くるみパンですね。場所は？」

「裏庭がいいわ。日差しが柔らかくなったから、サルスベリでお花見」

「サルスベリ見、と言うとフィンランド語みたいに聞こえませんか」

「サルスベリミ？　知らないわよ」

笑いながら時子は道路への石段を上がる。篁は斜め後ろをついて行きながら、気づかれぬよう一方の腕を横に伸ばす。時子が足を踏み外した場合に、すかさず受け止めるためだ。

「サルスベリ見、菊見、萩《はぎ》見、椿《つばき》見、梅見……」

知らないと言いながらも、時子は花の名に「見」をつけて列挙している。道路に上がると、行く手に空と大文字が見えた。

「ホトトギス見、秋海棠《しゅうかいどう》見……」

「よし、全部見に行きましょう」

「全部って、いつ仕事するのよ？」

「見に行きたいのかな、と」

「一緒に行けたら、嬉しい。よく考えたら、どの花も市内で見られそうだから」

「そうでしょう、そうでしょう」

時子はいつも通りだ。戯《ざ》れ言《ごと》への冷たい反応も、二人で過ごす日々への心配りも。

それは喜ばしいのだが、糺の森で時子がどのような思索を深めたのか、篁としては大変に気がかりであった。

*

からくさ図書館に戻ると、二人で朝食の準備に取りかかった。

藤棚の下のテーブルにクロスを敷き、篁が切ったくるみパンと上賀茂トマトをそれぞれ皿に盛って並べる。黒漆塗りの小さなフォークはトマトの赤に合う。時子が淹《い》れた紅茶は白いポットから同じ色のティーカップに注がれた。

「こうやって肩慣らしをしてからお客様に紅茶を淹れると調子いいみたい」

からくさ図書館では一時間当たりの利用料を受け取る代わりに、温かい紅茶かコーヒーを提供している。今朝の肩慣らしは紅茶というわけだ。

「いただきます。サルスベリ見ですね」

「はい、はい。サルスベリ見ね。いただきます」

裏庭のサルスベリは薄紅色の花を咲かせながらまっすぐ立っている。赤煉瓦の塀際に立つその姿は可憐《かれん》かつ頼もしい——と、篁は思う。南天や楓《かえで》など、背の低い他の植木を見守っているように思えるからだ。

漢字で書けば百日紅《さるすべり》。

七月から咲きはじめて、名前の通りおよそ百日間、次々と花を咲かせ続ける。最近は盛んに花が散るので、裏庭の敷石は薄紅色の金平糖をまいたようだ。

——そろそろ花がら摘みの時期だ。

紅茶を口に運びながら、篁はサルスベリに見とれた。

「咲き終わったら、花がら摘みをしないとね。来年きれいに咲いてもらうために」

テーブルの向かいで時子が言った。

同じことを考えていた喜びで、篁は大きくうなずく。前髪で風が起きた。

「そんなに張り切って、本当に庭仕事が好きね」

身振りが派手になった理由は違うが、確かに庭仕事は好きだし重要だ。裏庭の植物は利用客を楽しませるだけでなく、篁と時子の力を増幅させてくれるのだから。

「ねえ、篁」

時子がテーブルの上で指を組む。何かあらたまった雰囲気を篁は感じ取った。

「移動する図書館って、篁がすごく消耗するんじゃないかしら」

——時子様が、私の心配を。

あふれる歓喜に崩れる表情を隠そうと、篁は顔を覆った。わざとらしく肩をふるわせて、泣き真似《なまね》をする。

「ううう、心配してくださるなんて、ありがたき幸せ」

「顔が笑ってるの、分かるわよ」

「分かりますか、やっぱり」

手を下ろして、縁無し眼鏡の位置を直す。時子は淡々と紅茶を口に運んでいる。

「ご心配なく、時子様。別館は、四季の植物の力を借りて移動します」

「四季の植物の力……」

時子が庭を見回す。

サルスベリは薄紅色の花を散らし、南天の実はまだ緑色だ。

井戸端にはハートの形をした双葉葵が低く茂っている。この双葉葵だけは特別で、季節に関係なく一年中その緑を保っている。時子がかっての斎院であるがゆえに芽吹いた存在だ。

「時子様もご存じの通り、この図書館は私が冥官の術によって作り上げた縄張りです。しかし自分の力だけでなく、植物の力も借りています」

「もちろん知ってるわよ」

白く細い指先で、時子は宙に曲線を描いてみせる。唐草文様だ。

「唐草文様は、伸びたり花を咲かせたり実をつけたりする、植物の生命力の象徴ね。

篁は、縄張りに『からくさ図書館』と名づけて裏庭に植物を植えることで、この図書館から力を得ている」

「そうですね」

篁はうなずく。教え子の成長具合を確かめる教師の気分だ。

「移動図書館を作るにあたって、私はこの裏庭の植物だけでなく、図書館の外の植物にも力を借ります。今回は、サルスベリに」

「あら」

時子は椅子に座ったまま上体をひねり、サルスベリの樹《き》を振り返る。

「京都には今、サルスベリが色とりどりに咲いています。一本一本の力を少しずつ借りて、別館を移動させるための道を作ります」

「いつの間にそんな準備をしてたの？　夜ちゃんと寝てる？」

芝居でなく篁は泣きそうになった。時子の心配が嬉しい。しかし涙は引っこめたいので、ふざけることにする。

「照れますねえ、寝室で私の寝顔を見たいだなんて」

時子が席を立って井戸端へ行く。

双葉葵の葉を一枚摘み取るのを見て、篁は身構えた。

時子もまた冥官としての力を持つ。その一つは、井戸端に繁茂する双葉葵の葉を変化させられることだ。茶道具や小鳥など、見た経験のある器物や生き物に。

ハート形の葉が朝の陽光に舞う。刃のごとき光を放ったかと思うと、細長い銀製の菓子切りになる。

――うちの事務室にある品と瓜《うり》二《ふた》つ。さすがは時子様。

空中から菓子切りが落下する。篁の手元をかすめ、くるみパンに突き刺さった。

「篁がわたしの大事な人なのは否定しないわ。だけど」

静かな表情で、時子がテーブルへ歩いてくる。

「そういうおふざけは、駄目」

あどけなさの残る時子の声音から、有無を言わさぬ迫力を篁は感じ取った。

「すみません。調子に乗りました」

篁は菓子切りの柄をつまみ、くるみパンの薄切りを口に運んだ。時子の術によって生まれた道具で食べるのは、時子の手で食べさせてもらうのに似ている――と思ったが、「駄目」と言われたばかりなので黙っておく。

卓上に戻すと、菓子切りは双葉葵の葉に戻った。風に吹かれて、井戸端のあたりで見えなくなる。

「たくさんの木から少しずつ力を借りるのね。どれか一本がひどく疲れるんじゃないなら、良いと思う」

「ありがとうございます」

時子の感想のいくらかは、斎院としての意見だろう。賀茂社における最高位の巫女だった者として、京都に生きる植物たちを気遣っているのだ。

「少しずつです。幸い、京都には大きなサルスベリの木がいくつもある」

篁は時子と二人でサルスベリを見上げた。

特に大きいサルスベリは、多くの史跡を擁する京都御苑《きょうとぎょえん》にある。

花は濃厚な桃色で、木全体が山に似た形をしている。石垣で遮られない位置に生えているので、丸太町通《まるたまちどおり》から全容がほぼ見える。

三条烏丸《さんじようからすま》――三条通《さんじようどおり》と烏丸通の交差点には、薄紫のサルスベリが咲いている。

休館日に時子と見たときは、夕日が当たって紫水晶のように美しかった。

そして今朝の賀茂川には、白や紫や赤、色とりどりのサルスベリが咲いていた。

川上へ走っていった、自称世間知らずの神狐を思う。

――あの神狐が別館の最初のお客様かな。

「実にありがたいです。時子様に聞いていただいたおかげで、形になってきました」

「よく分からないけど」

時子が視線をそらしたので、照れ隠しかな、と篁は楽しくなってしまう。

いつまでもこうだから、ときおり「変態」と言われてしまうのだが。

「見学は、させてくれるのよね。移動図書館でのお仕事」

「いらっしゃるんですか？　私はてっきり、新しい事業なんて危ないから一切タッチしないというスタンスでおられるのかと」

「さっきは西園寺の狐さんがいたから、詳しく話せなかったの。悪かったわ」

「いえいえ。ぜひ詳しく」

「別館のお客様の前で、わたしに何かの能力があると言わないでほしいの。ただの見習いということにして。この本館が始まったときみたいに」

「分かりました。別館での私の働きを、しかと見ていただきましょう」

「ありがとう。楽しみにしてる」

「最初は慎重に見守ってくださるわけですね。そう謙虚になさらずとも良いものを」

「違うの」

しなやかに手を挙げて、時子は篁の勢いをいなした。

「言いづらくて、パンとお茶がなくなるまで黙っていたのだけど」

「はい」

篁は一瞬で、話を聞くための心の態勢を整えた。よほどの事情があるに違いない。

「これを見て」

時子がエプロンのポケットから出したのは、一枚の木札だった。飾りのないまっさらな白木で、葉書くらいの大きさだ。黒々とした文字で、短い文章が書いてある。

漢字に少しの片仮名が添えられた書きぶりは、数百年前の貴族の日記を思わせた。

そして一行一行の並べ方は、同じ時代の公文書に少し似ている。

閻魔庁第十八位冥官小野篁領スル
図書館別館ニテ神威《しんい》ヲ顕ス事勿《ことなか》レ

賀茂社第二代斎院ニシテ冥官時子

令和元年九月
賀茂別《かもわけ》雷《いかずちの》大神《おおかみ》

篁は初めから終わりまで三回黙読してから、現代語に直しながら音読しはじめた。

信じたくない内容を、落ち着いて呑みこむためだ。

「閻魔庁第十八位の冥官、小野篁が領地とする図書館別館にて、神の威力を顕《あらわ》してはいけない。賀茂社の二代目斎院にして冥官時子へ。令和元年九月、賀茂別雷大神、玉依姫命《たまよりびめのみこと》より」

「そうね。上賀茂神社の賀茂別雷大神と、下鴨神社の玉依姫命からのお手紙」

「お手紙なんて生易しいものじゃないでしょう。禁止を下す命令書ですよ、これは」

賀茂社の神々が時子に執着している——篁にはそう思える。

「『令和元年九月』ってことは」

時子が指先で文字をなぞる。

「賀茂社の神々は年号が令和に変わったのも分かっているし、今は新暦の九月って分かっているわけね。江戸時代以前の旧暦じゃなくて」

「最も重要なのはそこではありませんよ」

「何が書いてあるかは大事よ。先生」

「そりゃ、私がそう教えましたけどね」

　篁は、わざと大きなため息をついてみせた。時子が「ふふ」と笑う。話をそらしたのは、緊張をほぐそうとしてくれたのだろう。

「この板がね、落ちてきたの。糺の森で考えていたら」

「とんでもないですね。板の角が時子様に当たって怪我《けが》をしたらどうするんですか」

「あのね」

「重要ですが？　時子様のご健康は最高級の真珠一億粒よりも大切ですが？」

「最高級品はそんなに採れないでしょう」

　時子の指先でこめかみを突かれ、篁は痛がる振りをした。

「過保護の発作を起こさないでよ。大事な話をしてるんだから」

「すみません。目の前の苦難が大きすぎて動揺しました」

　苦難とはもちろん、時子の元に落ちてきた賀茂社の神々からの命令だ。

「からくさ図書館別館にわたしが入っても構わないけれど、あくまでただの人でいなさい——ってことよね」

　篁の作る別館に、時子は元斎院としての力を顕してはならない、というのだからなかなか過干渉である。

「時子様は確かにかつての斎院です。しかし今は、れっきとした閻魔庁の冥官でしょうに。納得がいきません」

努力して声を冷静な状態に保つ。本音ではこの板を叩《たた》き割《わ》りたい。

神罰がこの身に降れば時子が悲しむと思うので、口に出さないだけだ。

「斎院か冥官か、はっきりと割り切れるものじゃないわ。わたしがこの図書館の双葉葵を変化させられるのも、斎院だったことが関係しているのだから」

賀茂社の神紋は双葉葵だ。五月の大規模な祭礼は葵祭《あおいまつり》といい、神事を務める者たちは葵と桂《かつら》の葉を頭や衣装に飾る。

「別館に関わるな、と言われるよりはましですが……。意図が分かりませんね。なぜ禁止するのか」

神々に計画を否定されていると考えると、自分が少々邪悪な存在に思えてくる。

「お皿、事務室に持っていくわね」

時子はもう、普段の業務に意識を向けているようであった。

＊

夜の西園寺は静かだ。京都御苑や賀茂川に近いので、木々や青葉の匂いが濃い。

西園寺の神狐は、お堂の屋根に登って夜空を見るのが好きだ。

星や月、満ちた月に照らされる雲はずっと眺めていられる。街の明かりも、京を囲む山々の稜線《りょうせん》も、ときおり如意ヶ嶽《にょいがたけ》の大文字に人間が灯《とも》す光も気に入っている。

「おうい、おうい。西園寺の神狐どの」

若々しいその声は、篁館長と時子姫について教えてくれた同輩の一人だ。声がしたほうを見下ろすと、塀の向こうに大きな神狐がいた。青い狐火《きつねび》に囲まれて、こちらを見上げている。

「伏見稲荷《ふしみいなり》の、千也《せんや》が参った。お邪魔してよかろうか？」

「千也どのなら、構いません。どうぞ」

「おう、お邪魔するよ」

瓦を葺《ふ》いた塀の上に、千也という名の神狐は飛び乗った。

「律儀なお方ですね。入ってきてからのご挨拶でもよろしいのに」

「そんな無礼を働けるか。ぼくは、あくまでよそ者。伏見稲荷に仕える神狐の一員なのだ。勝手に西園寺に入るなんてとんでもない」

言いながら、千也はお堂の屋根に飛び移ってきた。見下ろしてくる瞳は金色で、何と神秘的なのだろうと西園寺の狐は感嘆する。

「今夜は見回りですか、千也どの」

「うむ。下鴨古本まつりでの戦利品を、君に見せたかったのもある」

「春の古本市の後も見せてくださいましたね。分厚い鳥類図鑑を」

今朝、時子に話した「分厚い本も毛並みにしまえる」知り合いとは千也のことだ。

「うむ。正確には『春の古書大即売会』という」

きっちり訂正するあたり、少しばかり面倒くさい。

「楽しんでくれて嬉しかったので、また見せに来たよ。今度は小さめだが」

千也が胸元の毛並みを前足で探ると、厚い封筒が出てきた。

「おや。本ではないのですか？」

「百年ほど前の京都の、写真付き絵葉書だ。気に入ったから持ち歩いている」

「百年前の京都はどんなだったでしょうね。長く生きているとあやふやです」

「だから持ってきたのだ。今の京都とは様子が違うのだぞ。おっと、狐の手では写真の束を扱いにくい」

西園寺の神狐に封筒を渡すと、千也は屋根の上で飛び上がり、くるくる回った。

大きな毛糸玉のようだ、と思って見ている間に、白い袖をひらめかせて着地した。

袴《はかま》まで真っ白な、着物姿だ。白い髪の間で、金色の目が光っている。

「さあ、西園寺の神狐どの」

屋根の上にあぐらをかいた千也は、自らの膝をぽんとたたいてみせた。

「ここへ座ってくだされば、一緒に写真を見られる」

「言うておきますが、伏見稲荷に仕える千也どのだから赦《ゆる》されるのですぞ。このような馴《な》れ馴《な》れしい所業は……よいしょっと」

封筒を抱えたまま、西園寺の神狐は人に化けた千也の膝の間に収まった。絵本を読んでもらう子どものような格好である。

「うんうん。西園寺の神狐どのさえ良ければ伏見稲荷へお連れしよう。ほら、ぼくの名の由来になった千本鳥居だ」

長い指で、千也は一枚の白黒写真を封筒から出した。

鳥居がトンネルのように連なった小道に、舞妓《まいこ》が二人立っている。仲良く立ち話をするような角度なので、真正面よりも花かんざしや帯の意匠がよく分かる。

「お土産用の絵葉書だ。撮影を見ていたが、ご苦労様と言いたくなったよ。舞妓たちを駕籠《かご》で運んで、降ろしてからおこぼを履かせてさ」

二人の舞妓が履いているのは、厚みが十センチほどありそうな「おこぼ」と呼ばれる特殊な下駄《げた》だ。舞妓ならではの履き物である。

「ふむ。今の伏見稲荷では、このような写真は撮らないのですか？　千也どの」

「昔よりもずっと観光客が多いのでね。悠長に舞妓を連れてきて写真など撮っていたら、関係ない人間までわらわらと珍しがって寄ってくるよ。平成の終わり頃から、写真屋でない素人も盛んに写真を撮るようになったからね」

「ああ、賀茂川べりでよく見かけます」

「絵葉書でなくとも、雑誌やインターネットがあれば舞妓の姿を見られるし、交通が便利になったから京都へ観光に来やすくなった」

「千也どの。京都へ来るのは簡単でも、舞妓遊びは高くつくのでしょう？　座敷で踊りを見せてもらうなどして」

「今はもっと、舞妓と色々な距離感で付き合えるのだ。たとえば、ビアガーデンで接客してもらえる」

「ビアガーデンとは？」

「暑い夏に、外で冷たいビールを飲んで旨《うま》いつまみを食う場所だ」

「それは知らなんだ」

千也が背後から頭をなでてきた。毛並みを整えるような動きがくすぐったい。

「わたくしの頭に、葉っぱでもついておりますか？」

「なあ、西園寺の神狐どの」

質問には答えず、千也は手を離す。

「もう一度言うが、ぼくと一緒に伏見稲荷へ行ってみないか」

西園寺の狐は、振り返れなかった。西園寺とその周辺しか知らない自分が、遠い伏見稲荷まで行く。それは、望みながらも口に出せなかった冒険であった。

「君には西園寺の稲荷にお仕えする仕事があるが、一日か二日遊びに、いや、研修に来るくらいは許されるのではなかろうか」

「わたくしなど、とても、とても」

ためらうのには理由がある。

西園寺の神狐は、自分の仕える稲荷社からあまり離れたことがない。千也を含む顔見知りの神狐は、賀茂川べりや京都御苑など近場で出会った者ばかりだ。

「伏見稲荷と言えば、すべての稲荷社の元締めですよ。わたくしのような世間知らずが行くのは恐れ多いのです」

「誰も気にしないと思うぞ。伏見には山に籠もって人里へ降りてこない神狐も数多《あまた》棲《す》んでいる。世間知らずと言うなら彼らのほうがずっと世間を知らない」

「他の神狐たちと山に棲んでおられる方々……恐れ多い。わたくしのように独りで稲荷にお仕えしている神狐とは大違いです」

「自虐がすごいな？」

「いいえ、いいえ。わたくし実は」

言う前に、一瞬ためらった。このことは、西園寺の稲荷神や本尊の阿弥陀仏《あみだぶつ》を始めとする、境内の神仏しか知らない。

「歴史ある西園寺の者でありながら、生まれた頃の記憶がないのです。ふがいないのです」

「長生きしていれば色々あるさ。ぼくなど、伏見稲荷に参拝に来る人間たちを可愛く思ってはいるが全員の顔をきちんと覚えているかと言われれば怪しい」

ふふっ、と西園寺の狐は笑いをもらした。覚えていてはきりがあるまいと思う。

――軽蔑されるかと恐れながら打ち明けたというのに、千也どのときたら。

後ろを向いて、千也の顔を見上げた。

「忘れているのがふがいないから、わたくしは臆病なのです」

「臆病なのか、君は」

「ええ。伏見よりずっと近い、からくさ図書館に誘われたのに迷っているほどです」

脇腹の毛並みを探り、からくさ図書館のカードを出してみせる。

「今朝、篁館長が賀茂大橋におられたのです。移動できる別館を作るのだと話してくださり、この案内をくださいました」

「おお、唐草文様が瀟洒《しょうしゃ》だよな。しかし篁館長は、朝から賀茂大橋で何をしておられたのだ？　時子姫と開館の支度をせねばならんだろうに」

「その時子姫が原因だったのです」

糺の森で思索する時子を篁が待っていた話、時子が篁の作る別館への助力をひとまず断った話を聞くと、千也は「分かる、分かる」と首を上下に振った。

「もっと近づけるようでいて近づけない、そんなお方なのだな。篁様にとっての時子姫は」

「ものすごく訳知り顔ですね、千也どの。あのお二方とは親しいのですか？」

「いや、何度か客として行っただけだ。気持ちが分かるというだけで」

「はあ……。よく分かりませんが」

返されたカードを脇腹の毛並みに押しこんだそのとき、西園寺の神狐の胸元から桃色の珠《たま》がこぼれ落ちた。

しまった、と思う西園寺の神狐の目の前で、千也が珠を受け止める。スモモよりもやや小さな桃色の珠は、千也の手できらきらと光った。

「君、これは……」

怪しまれると思い、西園寺の神狐は身を硬くした。

「きれいだな！　桃色の水晶のようだ！」

金色の目をさらに輝かせて千也が言うので、西園寺の神狐は脱力した。

「どうした？　実は君の魂なのか、これは」

「抜けていませんよ、魂なんぞ」

「ならば、良かった」

千也が珠を手にしたまま笑う。掌中の珠というよくある比喩のごとく、大事そうに大きな手に包んでいる。

「返してくださいますか。魂ではないと思うが、一ヶ月前にわたくしの胸から飛び出した物なのです」

「何だって。大変じゃないか」

金色の目が、桃色の珠と西園寺の神狐を見比べる。

「君、無事か？」

「無事ですよ。珠の正体は分かりませんが」

「そんな悠長な。お仕えする稲荷神には言ったのか」

「心配をかけるわけには行きますまい。そう思って、ずっと胸の毛並みにしまっておりました」

「おい、おい……」

千也はお堂の屋根から、小さな稲荷社の屋根を見下ろした。

「うちの稲荷神様は休んでおられますからね。起こしてはなりませんよ」

「起きなさったら相談したまえ。なあ、何かちょっとでも手がかりはないのか。そしたら相談もしやすかろう」

実を言えば、西園寺の神狐には心当たりがある。一ヶ月前の夜も、千也が訪ねてきたのだ。

――そうだ。一ヶ月前も、伏見稲荷に来てみないかと千也どのは言った。

あのときしっぽが跳ね上がるほど嬉しかったのに「うう」とか「ああ」とか言葉を濁しただけではっきりと返事をしなかった。千也が伏見稲荷へ帰っていくのを見送ってから、痛みもなく突然に桃色の珠が飛び出てきたのだった。

「心当たりは、分かりませぬ」

「そうか……しかしそれにしても、一ヶ月も独りで悩みを抱えて、強いなあ」

──いえいえ、篁館長に相談しそうになりましたよ。

篁館長に話しかけた理由の半分は、この珠について相談したかったからだ。

さまよう魂を救えるならば、身から迷い出た珠も何とかしてくれるだろうか、と。

「うむ、やはり伏見稲荷へ一緒に行こう。伏見の稲荷神なら、あるいはぼくの仲間たちなら何か知っているかもしれん」

「お、お気遣いなく」

「聞いて黙っておれるか。伏見稲荷に仕えるすべての神狐に聞けば、誰かが似たような例を経験していそうではないか」

「ひいい、知られたくない、はずかしい！」

前足をばたつかせたとき、赤い金平糖のようなものがぱらぱらと降ってきた。千也の肩にも落ちて、返り血のごとき模様を作る。

「何だ、これは。風で舞ってきたのか？」

袴の膝に落ちたそれを、千也がつまみ上げる。緋縮緬《ひぢりめん》のようにちぢれた花は、真紅のサルスベリであった。

「境内に、こんな真っ赤なサルスベリがあっただろうか」

「ありません、ありませんよ、千也どの。それに、風もないのに飛んできます。降ってきます！」

真冬の雪の勢いで、赤いサルスベリの花が降ってくる。鼻先に落ち、毛並みを打つ。賀茂川の桜吹雪だってこんなに激しくはない。思わず目をつぶる。背中を包んでくれるのは、千也の手だろうか。

「西園寺の神狐どの。大丈夫か」

真っ暗な視界に千也の声が響く。はて、洞穴にいるような聞こえ方だと思いながら目を開くと、闇に煉瓦造の洋館が浮かび上がっていた。金属製の扉の前には、あの長身の館長が立っている。

「手荒な真似をしてすみません。ご気分はいかがですか？」

「ぼくは、平気だが……」

千也が気遣わしげにこちらを見下ろす。

「平気です。驚いてはおりますが」

足下を見れば、平坦《へいたん》な敷石があった。降ってきたサルスベリの花びらが、ところどころに真紅の島を形作っている。

「からくさ図書館とそっくりな洋館だ」

袴に降りかかった花びらを落としながら、千也は立ち上がった。

「篁様、ここが別館ですか」

「はい。もう広めてくださったんですね、西園寺の神狐さん」

「千也どのが、用事のついでに西園寺に寄ってくださったのです。下鴨古本まつりで買った絵葉書を見せてくださいました。百年ほど前の京都の」

「ほう！」

縁無し眼鏡の上で、篁の端整な眉が大きく動いた。篁も古書市で本を買いこんでいたので、興味を引かれたのだろう。

「おほん。つかぬことを伺うが、篁様」

千也が咳払《せきばら》いをして立ち上がった。

「どのようなわけで、ぼくらを別館へお呼びくださったのだろうか。聞いた話では、不思議な出来事を記録し、その件について困っている者がいれば助けるとのことだが」

「真紅のサルスベリが呼んでくれました」

足下に広がる真紅の花びらを、千也も、西園寺の神狐も見た。

「西園寺の近く。賀茂川にかかる出雲路橋《いずもじはし》の西詰に、真紅のサルスベリの大樹があるでしょう？」

「あの木が、ですか……？」

　確かに、賀茂大橋よりも北にかかる出雲路橋の西のたもとには大きなサルスベリの木がある。今朝も篁たちと別れた後、西園寺へ帰る途中にそばを通った。

「はっきりと人の言葉を喋《しゃべ》るわけではありませんが、感じ取っていましたよ。近くを通る神狐が、どうやら変調を抱えているらしい、と」

　千也がこちらを見た。一方の手に、桃色の珠をまだ握っている。

「西園寺の狐どの。頼ってみるか。篁様を」

　決断が早いのは、千也がもともと篁と知己だからだろう。

「しかし、わたくしなどが良いのでしょうか？」

「また自虐を」

「篁って、ライブカメラみたいよね。遠くの様子が分かるなんて」

　話の流れを無視した愛らしい声に、西園寺の狐は顔を上げた。時子だ。洋館の扉を開けて、上半身だけを覗《のぞ》かせている。

「時子姫。ごぶさたしておりました」

　千也が丁寧にお辞儀をした。

「お元気そうね。あなたたちが、別館のお客さん第一号よ」

招くように、時子が扉を大きく開く。暖色の明かりがこぼれて、敷石を照らす。

西園寺の神狐は扉へと自然に歩きだしていた。あの扉の向こうで休めば、桃色の珠が生まれた理由が分かる。そんな気がする。

「時子姫。西園寺の狐どのから聞いた話では、ご助力は保留になさるのでは？」

「冥官の力と元斎院の力は使わないわ。分かりやすく言うと、別館でのわたしは本当にただの人。一緒にお茶を飲んでもいいかしら？」

「もちろんです。失礼、西園寺の神狐どの」

なぜか千也に抱き上げられた。

「な、何ですか。歩けますが」

「人間と同じ目線の高さで見ていただきたいのです。図書館は、人間が過ごしやすいように造られるものですから」

「なるほど……」

時子に導かれて、千也が館内へ足を踏み入れた。

焦げ茶色をした背の高い本棚に、真新しい本や、いくらか古びた本が並んでいる。テーブルや椅子も焦げ茶色だが、館内の雰囲気は重すぎず心地よい。白い壁や観葉植物、ガラスのランプシェードがついた照明のおかげだろうか。

「本館に似ているが、テーブルの形が違う。四角ではなく円形だ」

千也の言う通り、一人掛けの席も四人掛けの席も円卓であった。

「上官の助言を参考にしました。陰陽道《おんみょうどう》において天は円形、地は正方形だとか」

「上官？ 陰陽師の安倍《あべの》晴明様か。得心が行った」

千也は何やら納得している。

平安時代に活躍した陰陽師・安倍晴明も冥官になった件は有名だが、陰陽道と言われるとよく分からない。

「なぜ得心が行くのですか、千也どの」

「れっきとした人間界にある本館は『地』の正方形。そうではないこの別館は『天』の円形。ぼくも陰陽道には詳しくないが、要は対になっているわけさ」

「対ですね。晴明様には別館の創設にご協力いただきました」

篁は、左の壁際にある受付らしきデスクに移動した。こちらも焦げ茶色だ。

――人に化ける練習をしてこなかったのが悔やまれる。

西園寺の狐は情けなく思う。

人の目線で図書館の内装を見てほしいからと千也は抱き上げてくれている。自分に化ける力があればそんな必要はなかったのだ。

「ぼくはソファ席がいい。本館には椅子の座席しかないのだもの。一緒に座ろう」

千也の関心は、人が二人並んで座れそうなソファに向いている。円形のテーブルが二つ置かれた、落ち着いて読書ができそうな席だ。

「わたくしも、あちらに座りたい」

「では、こちらの番号札をお持ちください」

篁が渡してくれたのは「7」と書かれた栞《しおり》に似た紙片であった。座席に番号を割り振っているらしい。

「そうだ、言っていなかったが、からくさ図書館では紅茶かコーヒーを飲める。西園寺の狐どのは、どちらがいい？」

「千也どのがお好きなほうを」

「だったら紅茶だな。篁様、時子姫。紅茶を二つお願いします」

千也がソファにかがみこみ、柔らかな座面に降ろしてくれた。そのままの姿勢で、桃色の珠を出す。

「自分で言うかい？　西園寺の神狐どの」

「ええ、自分で」

西園寺の神狐は、桃色の珠を前足で捧《ささ》げ持った。

「篁様。サルスベリのご縁ありがたく受け取ります。どうかわたくしの悩みを解いてください。わたくしの胸から現れたこの珠が何なのか、知りたいのです」

時子が「きれい」とつぶやく。篁が柔らかな表情でうなずいた。

「承りました。では紅茶を用意している間に、この図書館から気になる本を一冊選んでいただけますか？」

「はい。少しお待たせするかもしれませんが……」

きっと、自分の選ぶ本に解決の鍵が隠されているのだろう。

「全部の棚を見るのは大変ですが、その前に見つかるでしょう」

謎めいた言葉を残して、篁はデスクの向こうのドアを開けた。

「時子様、ここをお願いします」

「いってらっしゃい」

よく見ると、時子はワンピースに白いエプロンドレスを重ねている。姫君が給仕のための衣服をまとっているのは妙な感じだが可愛らしい。

「一応、人の目線で見ようか」

千也がまた抱き上げてくれた。確かにこのほうが本棚の中身を見やすい。

並ぶ背表紙を眺めて、ふと一冊に目が留まる。

「おお。千也どのが春に見せてくれたような、鳥類図鑑だ」

西園寺に来る小鳥や、賀茂川で群れをなす鴨、京都御苑に住むフクロウの類を思い出す。親近感は感じるが、「気になる本」とは違う気がする。

親近感と言えば貴族の日記『小右記』もあるのだが、これも「気になる」とは違うと思う。持っていた珠を胸にしまい、鼻先をやや後ろへ向ける。

「千也どの。考えてみれば気になる本とは、たいてい初めて知る本なのですね」

「面白い！　君には本好きの素養がある」

千也が踊らんばかりに身を揺らすので、西園寺の神狐はあやうく酔いかけた。

「本棚のそばで暴れると危ないわ」

「や、時子姫。これは失礼した」

おとなしくなった千也の腕で、ほっと息をつく。同時に、水色と桃色の背表紙に興味を惹《ひ》かれた。広がる空の下で咲く花を思わせる配色だ。

題名は目立たない白い字で『花嵐《はなあらし》』とあった。華やかすぎて滅多に名乗らない、自分の名前だ。

身を乗り出して手に取る。千也は黙って支えてくれた。

「わたくし、この本を読みとうございます。時子姫」

時子が「どうぞ」と手でソファを示す。篁はまだのようだ。

「いの一番に君が読みたまえ。ぼくは探検してくる」

千也は本棚の間へと入っていった。心細いが、本好きらしい行動だと思う。

本を書いた者の名前がない。これはたぶん珍しいのではないだろうか。

「では、いざ」

背表紙と同じ配色の表紙を開くと、青空を背景とした緑の山並みが見えた。

いつもお堂の屋根から見ているのとは違う。ぽっこりと突出した山頂は天狗《てんぐ》の住む愛宕山《あたごやま》だ。これは、京都盆地の西北部から見た眺めではないだろうか。

「わたくしはここに居たことがある。ずっと昔」

近くの椅子に時子が座った。読んでいる『花嵐』の内容が見えない位置だ。

誰に聞かせるともなく、言葉はこぼれ落ちる。

「西園寺は昔、もっと広かった。そして、愛宕のお山の近くにあった……」

こみ上げるのは懐かしさなのか悲しみなのか分からない。

ページをめくると、瓦屋根の本堂と朱色の鳥居が陽光を浴びていた。

——覚えている。長い間、思い出さなかったが……。

西園寺の境内だ。鳥居の奥に、今より大きな西園寺稲荷の祠《ほこら》が建っていた。

《ああ、間に合うた。阿弥陀仏のお堂も、稲荷神のお社も間に合うたぞ》
老いた男性の声を思い出して、西園寺の神狐は目をつぶる。自分が神狐として世に現れたばかりの、遠い昔に聞いた声だ。
あの日、自分は初めて稲荷社から離れ、鳥居の外に出た。境内に植えられた山桜が花を咲かせていた。桃色の小さな花と薄茶色の葉が梢《こずえ》を飾って、浮かれた気持ちになったのも覚えている。
白髪に黒い烏帽子《えぼし》を戴《いただ》いた貴人が、山桜のそばに立っていたのも。
《これは美しい。純白の子狐《こぎつね》とは。よもや、稲荷に仕える神狐であろうか》
答えず、鳴かず、黙っていた。自分の仕える稲荷神としか口を利いたことがなく、戸惑っていたからだ。
《我が身はもう、終わりが近いのだなあ。人には見えぬはずの神狐が見える》
縁起でもない言葉であったが、老いた貴人は満ち足りた顔をしていた。
《我が身は、帝と武人との争いに関わった。生き残り、卑怯《ひきょう》と評される日もあった。だが、神仏のおわす場所を生みだせた。この西園寺を》

降りゆくものは　我が身なりけり

降る花びらを眺めながら、貴人は一首の和歌を詠唱した。
《長く生きて、最も得心のいった歌です。いかがですかな》
生まれたばかりの白狐《びゃっこ》には、よく分からなかった。分かりたかったので、もう一度詠《うた》ってほしいと頼んだ。貴人は、今度は気恥ずかしそうに詠唱した。
花、嵐、庭、雪。上句には美しい言葉が続くのに、下句は寂しい——そんな感想を述べた。貴人は目を伏せた。微笑んでいるようだった。
《貴方《あなた》様の御名は、何とおっしゃるのですか。もう稲荷神から賜りましたかな》
名前はまだなかった。自分は西園寺稲荷に仕える神狐だから、名の必要に思いが及ばなかった。社を振り返る。稲荷神が姿を隠したまま、その御仁から名をいただきなさい、と言った。
《今、お社の奥から女人の声が》
稲荷神は姿を見せず、次の言葉も発しなかった。
《詮索はいたしますまい。ただ、ご鎮座をありがたく……》
貴人は目頭のあたりを袖で押さえた。稲荷神がここにいるのが嬉しくて、泣いているようであった。
《西園寺稲荷の神狐様。我が名は西園寺公経と申します。狐に似た、公経》
きんつね、と西園寺の神狐は繰り返した。
《我が身がこの稲荷社を建てた御縁と、狐に似た我が名に免じて、貴方様に名前をつけさせてはいただけませぬか。『花嵐』と》
うけたまわった、と西園寺の神狐は答えた。きれいな名前だと思ったからだ。
《花嵐様。末永く、末永く、よろしくお願い申し上げます》
視界が花で覆われる。
西園寺の境内、稲荷社の前の桜はより一層花盛りになっていた。
公経と名乗った貴人はいない。
そのかわりに、少年のように水干《すいかん》を着こなした少女がいた。
《西園寺稲荷様。公経どのをこの頃見かけませぬが、どうなされたのでしょう》
問いかける自分の声は心細げだ。
少女は、西園寺稲荷はしばらく黙っていた。
《花嵐や》
呼びかけて抱き上げ、花嵐を桜の枝に載せる。

《この寺と、我が稲荷社を建ててくれた公経どのは、入寂《にゅうじゃく》された》
《にゅうじゃく、とは》
花嵐には、話の意味がつかめなかった。
《命が終わったのだ。もうお会いできぬ》
《どこかへ行けばお会いできますか？》
《この世のどこへ行っても、かなわぬ。あの世の冥府という場所で、行き先を決められて、われらの行けぬ地へ向かわれた》
《そんなひどいことがありますか》
聞かされていない。認められない、と花嵐は思った。
《理《ことわり》なのだ、花嵐。人の寿命は短い》
《この名を付けてくれた御仁にもう会えぬ。会えぬ日がどれほど続くのですか》
西園寺稲荷は、水干の袖口で口元を覆ってしばし考える様子を見せた。
《稲荷の総本社、伏見稲荷は、平安の都が生まれるよりも前……五百年を超える昔に創建され、今に続くと聞く》
《耐えられそうにありませぬ。どのようにして耐えれば良いのですか、会えぬ日の長さを、終わりのなさを》

樹上から言いつのる花嵐の胸に、西園寺稲荷は手をかざした。
《忘れるか、花嵐よ。公経どののお声を、お姿を、お言葉を》
《忘れたく思いまする。会えぬ日の続くのが、怖くてたまらぬのです》
《承知した。花嵐や》
胸に手をかざしたまま、西園寺稲荷は言う。
《会えぬ日々の恐ろしさに耐えられるほどの幸せ。それがそなたに備わるまで、そなたは公経どのを忘れる》
《強さではなく、幸せなのですか。恐ろしさに耐えさせてくれるのは》
《われは武神にあらず、豊穣《ほうじょう》の神ゆえ》
強さよりも幸せに近しい存在が、豊穣神たる稲荷神なのだろう。
《恐ろしさに耐えられるほどの幸せがそなたに訪れた日、そなたの胸から花色の宝珠が一つ生まれる。初めは驚き戸惑うであろう。しかしやがて心の拠《よ》り所《どころ》となる》
その日がいつ来るのだろう。
自分にとっての幸せとはどのような出来事なのだろう。
考えているうちにとても眠くなって、何を恐ろしがっていたのか分からなくなってきた。力の抜けた体を、西園寺稲荷が水干の袖で受け止めてくれた。

知らず知らずのうちに、花嵐は自分と同じ名前の本を閉じていた。

目の前の円卓に白い取っ手付きの洋食器が置かれ、琥珀《こはく》色の香り高い飲み物が湯気を立てている。

――そうであった。篁様と時子姫が、紅茶を淹れてくれるとおっしゃっていた。

「これが紅茶。間近で嗅ぐのは初めてです」

「君、じっと動かずに本を読んでいたぜ。紅茶が来たのも気づかないでさ」

「千也どの」

何か一番に言うべきことがあったはずだ。そうだ。名前だ。

「わたくしの名前は、花嵐というのです。この本の題名と同じ」

千也の腰のあたりに、白い毛束が出現した。なぜだか変化の一部が解けて、しっぽが出てしまったらしい。

「ど、どうされました。千也どの」

「花嵐どの、お気になさらず。それより飲み頃です」

視線に気づいて真正面に顔を向けると、時子が待ち遠しげな顔で丸盆を持ってこちらを見ていた。篁はそんな時子を見守っている。

「厚めの器に淹れたから、持ってもあまり熱くないと思うわ」

「や、これはお気遣いありがたく。いただきます」

両手でそっと器を持ち、舌先を触れさせる。香りだけでなく、爽やかさとかすかな渋みが口中を流れていく。

「飲みにくくないかしら。思いっきり音を立ててすすっても大丈夫よ」

「そうですね、ラーメンみたいに音を立てても大丈夫です」

「篁。そのたとえはラーメンを食べたことがないと分からないと思うわ」

館長と助手の掛け合いをよそに、花嵐は極力音を立てぬように紅茶を舐《な》めた。

「おいしいです。人に化ける練習をしておけば、もっと格好良く飲めたものを」

先ほどは胸に秘めていた後悔を、するりと口に出せた。胸のつかえが取れた、とはこういう状態だろうか。

「花嵐どの。なぜ、今教えてくれる気になったんだい?」

「この本を開いた後、夢のように現れてきたのです。忘れていた、生まれた頃の記憶が。西園寺公経どのが名前を付けてくださいました」

「気にしていたものな。生まれた頃を思い出せないと」

「華やかすぎて自分には似合わないと思ってあまり名乗らずに来ましたが、名付けていただいた日の記憶がよみがえったら、やはり名乗ろう、この名を大事にしようと思えました」

「似合う。ちゃんと似合うぞ、花嵐どの」

何度もうなずいて、千也が受付のデスクを見る。座っている篁の隣に時子が立っている。今度は篁が見守られているかのようだ。

「篁様。この本はどういう成り立ちなんだい？」

「魂から生まれる本です。その点は本館と変わりませんよ」

「へえ。やはり本館と同じ、魂から生成される本か」

篁と千也は館長と常連客といった風情で分かり合っているが、本館へ入ったことすらない花嵐には皆目分からない。

「同じようでいて、別館と本館は大きく違います。本館は、冥官となった時子様と再会する前に作り上げた私の縄張り。別館は、時子様と再会してからの私が作り上げた一種の異界」

「バージョンアップだ」

「パワーアップと言ってほしいですね、千也さん」

――篁様は、のろけたようだ。時子姫に再会してから力を増したとは。

時子を見ると、小さな唇を引き結んで頬を赤くしている。なぜか胸の奥がむずがゆくなって、西園寺の狐は目をそらした。

「簡単に言えば、お客様の魂から生まれ、お客様にとって重要なことを示す本です」

篁の説明に「あっ」と言って花嵐は腰を浮かしかける。

「わたくし、西園寺稲荷様だって寂しかったのに、それに思い至らずお手数をかけてしまいました」

「何だ、何だ？ 順を追って話してくれ、花嵐どの」

「千也どの。桃色の珠がわたくしの胸から出てきた理由が、分かったのです」

「本当か！」

懐から桃色の珠を出して、千也は安心した表情を見せた。きれいだと言いつつ、心配してくれていたのかもしれない。

「生まれた翌年の春、わたくしは公経どのが亡くなったのを知りました」

言葉にするのは気力が要った。紅茶を飲み干して、また話しはじめる。

「衝撃を受けておりました。死ねば会えなくなること、それが公経どのであることが受け入れられず」

「とても悲しかったのだな」

「そうです。だから西園寺稲荷様は、わたくしの記憶を封じなさいました。悲しみに耐えられるだけの幸せが生じたとき、わたくしの胸から桃色の珠が生まれ、やがて記憶はよみがえるとおっしゃいました」

「幸せが花嵐どのに訪れたとき、この珠が飛びだしたのだな」

「おそらくですが、珠が花嵐さんの悲しみと記憶を封じこめていたのでしょうね」

篁が言うと、時子がうなずいた。

「稲荷神が持つ如意宝珠《にょいほうじゅ》ね。今回は、花嵐さんの記憶を封じるのに使ったのだわ」

「ふむ、うちの伏見稲荷様も使いなさるが、そういう使い方もあるのか」

千也は自分の白銀の髪をつまみながら、何かを思い出すような顔をする。

「ところで花嵐どの。珠が胸から飛び出す前に、どんな幸せが来たんだい？」

「千也どのが初めて『伏見稲荷へ遊びに来ないか』と言ってくださったのです」

ソファが揺れた。

まさか地震、と思ったが、卓上にはきちんと器が載っている。

ただ、ソファの隣に座っていたはずの青年が大きな神狐の姿に戻っていた。

「どうしたのです、千也どの。今夜は変化が解けがちでは？」

「びっくりさせるからだ、花嵐どのが」

長い鼻先を左右に振って、千也は戸惑っている風だ。

「そんなに幸せに思ってくれるなら、どうして一ヶ月前に誘ったとき、うんと言ってくれなかったのだ」

「言ったではありませんか。わたくしなどが行くのは気が引けると」

「篁様。自虐の心をやっつける冥官の術はないか？」

「まあまあ、千也さん」

篁は受付のデスクから離れ、こちらへやってきた。近くの一人席に座る。

「今の花嵐さんは、どうですか？　伏見稲荷へ行く件について」

「喜んで伺います。よろしくお願いいたします。千也どの」

「おっ、おお、こちらこそ」

千也の白く大きなしっぽが揺れる。喜んでくれたようだ。

「もう自虐はしません。美しい和歌から公経様が名を付けてくれたのです。そのことを思うと、堂々と京を歩ける気がします」

「花嵐さん。どんな和歌か、教えてもらえるかしら」

「もちろんです、時子姫」

花誘う 嵐の庭の 雪ならで
降りゆくものは 我が身なりけり

詠唱してみせるのが誇らしく、そして恥ずかしい。

身の裡《うち》から日差しのかたまりがせり出すような、力強い感覚がある。

「きれいで、老練《ろうれん》な歌ね」

時子は、傍らの椅子に座る篁の顔を見る。

「年を取ったという自覚がないと詠えないわ。……嵐で散った花が雪のように舞い、庭に降る。降るのは花ではない、我が身。『年古《としふ》る』我が身……」

時子が読み解いてくれる。

花嵐の脳裏にまた、白髪の貴人の姿が浮かんだ。

「心も技も籠もった歌だと思いますよ」

篁が言った。この館長が著名な平安歌人だということを思い返し、花嵐は喜びに震えそうになる。

「下句の『降りゆくものは 我が身なりけり』が持つ重さを、上句が浄化している。花が飾り、嵐が力を吹きこみ、雪が清らかにすすぐ」

聞いているうちに花嵐は、公経が経てきた苦労が報われた、と思った。西園寺を創建できた時点で、公経自身は報われたと感じていたようだけれど。

「千也どの。この花嵐の、友になってくださいませんか」

またソファが揺れた。千也が床に飛び降りたのだ。

床に降りた大きな神狐と、ソファにいる自分の目線が同じ高さになった。

「嬉しいが、ぼくはとっくに友人と思っていたのだ」

ソファに置かれた桃色の珠に、千也は鼻先を近づける。

「折を見て君を伏見稲荷に連れていき、皆に紹介する」

「はい、ぜひとも！」

「できれば、珠を他の者たちに見せないでほしい。そうなるとぼくはくやしいのだ」

――あれっ、皆に見せると言っていたのに。

花嵐は不思議に思って、千也の瞳を覗きこむ。千也は目を閉じてしまった。

「だって、君のとても大事な物だと分かったから」

絞りだすように言った千也は、なかなか瞳を開かない。

「千也さんが活躍しすぎて、私の出番が少なかったですよ。時子様」

「本を作ったでしょ」

時子の口調は果実を分け与えるような優しさに満ちていて、このお方も幸せなのだろう、と花嵐は思った。

第一話・了

第二話　菊花の祝福

九月九日、菊の節句は月曜日であった。

篁は受付に薄紫の小さな嫁菜菊《よめなぎく》を生け、一枚の色紙を立てかけた。

本日、菊の節句
ご希望の方に
菊花茶を一杯差し上げます

薄墨で描き添えた菊が、我ながら良い出来だ。壁や玄関にも嫁菜菊を生けてある。春に芽を食用にするので「嫁菜」と呼ばれるのが一般的だが、篁は「嫁菜菊」と呼びならわしている。食べ物であり、愛らしい菊の花でもあるのだから。

「ねえ、篁。菊茶は足りるかしら」

エプロンと三角巾を着けた時子が、テーブルを乾拭《からぶ》きしながら尋ねた。

「月曜日って、平日の割にお客様が多いでしょう？　公共図書館がお休みだからだと思うけど」

「ご心配なく。もう一袋買い足しておきました」

「素敵ね」

「もっと褒めてください。有能とか、気配り名人とか、千二百歳の伸びしろとか」

「ありがとう、篁。品切れの心配がないって、素晴らしいわ」

時子は篁の働きに感謝の言葉を述べてくれたが、篁そのものを褒めてほしいという望みはきれいに無視した。

「そんなところも可愛らしい」

「何の話をしてるの」

「日々の喜びの話です。ところで、菊茶の在庫より心配なことがあるんですよ」

「どんな？」

「今日は、晴明様がおいでになります」

「そうね。午後三時に」

閻魔庁第三位の冥官・安倍晴明は、篁と時子の上官にあたる。堀川《ほりかわ》晴明という仮の名で、近くの住宅街に住んでいる。

琥珀色の髪と瞳が印象的な、日本の信仰史を研究する青年がひっそりと一人暮らし——というのは表向きで、幼い少年の姿をした式神一人と、白猫のあやかし一匹も同居中だ。

「晴明様、篁のおもてなしを楽しみにしてると思う。菊茶、菊酒、生けた菊……」

時子は閲覧室を愛しそうに見回した。受付だけでなく壁にも菊を生けてある。

「そして、無理難題を持ってくる予感がします」

「心配って、そのこと？　大丈夫よ、無理な難題は持ってこないと思う」

「難題が来る時点で嫌です」

ジリリリリ、と電話が鳴った。

隣の事務室に設置した、今どき珍しいダイヤル式黒電話だ。

十一時の開館前にかけてくる者はめったにいない。いるとすれば、篁や時子のような現世で暮らす冥官だ。


「はい、からくさ図書館です」

「開館の準備をしている時間にすまないな、篁卿《きょう》」

噂をすれば影。

陰鬱な声は閻魔庁第三位の冥官・安倍晴明その人であった。

「閻魔庁に届いた報告書を読んだ。西園寺の神狐を別館に招いたそうだな」

「はい、花嵐さんですね。ご報告の通り、伏見稲荷の千也さんも一緒でしたよ」

「ああ。仲が良さそうで何よりだ」

口調が幾分優しい。現世で生身の人間に交じって暮らすうちに、この上官も少しは変わったのだろう。

「しかし、西園寺の神狐が千也のいる伏見稲荷に研修へ行っている間、西園寺稲荷を守る者がいない。そのときは私が西園寺稲荷を見張ってやるつもりだ」

「お疲れさまです。事後処理をお願いする形になって恐縮です」

「いや。まったく、気にしなくていい」

——この寛大さ……。来るぞ、無理難題が。

発言の裏を読み取って、篁は身構えた。

「代わりと言っては何だが、篁卿の力を借りたい」

「そうおっしゃると思いました」

遠慮なく本音を言うと、晴明は低く小さな声で笑った。

「助かる。着いたら相談する」

「電話で手短にできるような、たやすい問題ではないわけですね」

晴明は悪びれる様子もなく「うむ」と答えた。

「よろしく頼む。それと、桃花《ももか》も呼んでいいか。少し遅れてくる」

「どうぞ、どうぞ。時子様も喜びます」

篁が受話器を置いたとき、三角巾を外した時子がドアを開けて入ってきた。

「時子様。やはり難題が来ます」

「あら。どんなお話？」

「おいでになってから聞くことになりました。手短にできる話ではないようで」

「ふうん。でも、解決できるでしょう？」

「自信はありますけども。そうそう、後から桃花さんもいらっしゃるそうですよ」

「賑《にぎ》やかになるわね。裏庭か居間にお通ししないと」

食器棚のガラス越しにティーカップやケーキ皿を点検して、時子は嬉しそうだ。

——ありがとうございます、桃花さん。

晴明の弟子は桃花といって、京都市内の芸大に通う女子大生だ。時子が元斎院だと知りながらも友人として接してくれる、得難い人物である。

「芸大のお話を聞きたいけど、お仕事で来るのだから控え目にするわ」

「時に応じて我慢なさるのは、たいへん結構なことです」

「お友だちだもの」

篁には塩を振りかけた氷のような態度を取りがちな時子だが、桃花に対しては構いたがりだ。少女二人の絆《きずな》に、篁はときおり妬《や》いてしまう。

「晴明様のご相談、わたしにできることがあれば協力するわ」

「ありがとうございます。まったく、晴明様からは何が飛び出してくるやら」

「上官をびっくり箱みたいに言わないの」

時子が言うのはもっともではあるが、こと晴明相手に限っては、警戒を解いてはならない。篁は最低限できる準備として、何を提案されても驚かないと決心した。

＊

京都に生まれて十九年、京都人らしい習い事をしていない。

書道も華道も茶道も習っておらず、着物は七五三で着たきりだ。

美穂《みほ》、という稲穂に由来する名前を両親はつけてくれたが、取り立てて米が好きなわけではない。むしろパンが好きだ。

古都に生まれ育ったものの、自分は和風の文化に親しんでいない。この春から通っているのは経営学部で、京都の歴史や文化に関わる講義は取っていない。

——うちだけ、京都っぽくないねんなぁ。

路面電車の吊り革につかまりながら、さっきまで一緒にいた級友たちを思う。

茶道を習っていて茶道具店に就職を希望している子や、ちょっとした外出でも家族と一緒に着物を着る子。他にも家がお寺さんだとか、親戚が香木屋さんだとか、「和」の雰囲気に囲まれている級友たちがいる。

京都らしさを満喫している級友たちのほうが、充実した人生を送っている。そう考えるたびに、喉の奥に黒い埃《ほこり》がたまるような気持ちになる。

右から左へコンクリート塀と洋風の住宅が流れていく。四条大宮《しじょうおおみや》から嵐山《あらしやま》へ向かうこの路線は、京都の街中から西の郊外へと向かう道のりでもある。

――新学期になる前に、京都らしい何かに出会えへんかなあ。

首と肩が重い。肩こりとは違う気持ちの悪さだ。

九月に入ってから、級友たちを羨むたびにこの感覚がやってくる。まるで、十月から始まる新学期を無意識に厭《いと》っているかのようだ。

――キラキラしたもん見ても、選んで買うほどの気力が出えへん。

今日は早めに昼食を取ってから街中に出たものの、烏丸通の新風館《しんぷうかん》でアクセサリーを見ただけで帰ってきてしまった。首と肩の重みが気になって、街歩きをほとんど楽しめていない。

「次は、車折神社《くるまざきじんじゃ》。車折神社です」

電車のアナウンスが最寄り駅の名前を告げる。

通りかかった牛車《ぎっしゃ》が壊れたことから「車折」と名のついた、歴史のある神社だ。遠方からも有名人がこぞって訪れる芸事の神様として知られている。

電車を降りて道路に出れば、そこはもう「開運笑福」と額を掲げた鳥居の前だ。

鳥居の向こうは生垣に囲まれた細い参道が続いているのだが、ここ数年は入った覚えがない。

——芸事の神様なら、うちに関係ないもんなぁ。

のけぞり気味な狛犬《こまいぬ》を横目にいつものように通り過ぎかけたそのとき、稲妻のような直感が降りてきた。

——せや。芸能の神社なら、自分に合う芸事に出会えるご利益があるんちゃう？

逆転の発想である。

すでに芸事にいそしむ人間だけでなく、芸事に出会いたい人間にもご利益があるのではないか。神様なら、芸事に関わる人間が増えれば嬉しいに違いない。

——お参りに行ってみよかな。

行動に移そうと思ったのは、今日が縁起のいい日だからだ。

九月九日の菊の節句、またの名を重陽の節句という。

三月の桃の節句のようにゆかりの商品が市場に出回る行事ではないが、少なくとも京都では重んじられている行事だ。

いくつかの神社や寺院では「菊花祭」「重陽祭」などと銘打った祭事が行われる。和菓子屋などの店先では菊の鉢植えが置かれ、ときには着せ綿を載せた菊が飾られる。菊の花に一晩綿を置いて朝露を含ませ、それで身をぬぐって長寿を願う行事に由来する飾り物だ。生け花を習っている級友から得た知識である。

鳥居をくぐろうとしたとき、張りのある女性の声が降ってきた。

「いらっしゃい！」

——え、上から聞こえた？

「今日は菊の節句。陽の数で最も大きい、九と九の重なるめでたい日ですよ！」

——お店じゃあるまいし、何で呼び込み？

宣伝用のドローンでも飛ばしているのかな、と美穂は思った。企業や大学だけでなく、神社も工夫を凝らしてマーケティングを行っているのか。いやまさか。

「待て、我が連れ合いよ」

低い男性の声が響いた。こちらも間違いなく上からの声だ。

「この娘、おぬしの言葉が聞こえておるようだ。波長が合ったのではないか」

——何のこと？

ドローンではないのか。考えてみれば、神社で飛ばすのは安全面で問題が生じそうではある。

「えーと、芸能の神社らしく、何かの台詞《せりふ》を練習してる人がいるのかも」

ありそうだ、と思った内容を小さく口に出してみる。

羽音に驚いて見上げれば、鷹《たか》らしき大きな鳥が東へ飛んでいく。

「あれ、先輩が雄々しく飛んでいきますわねえ」

張りのある女の声がまた聞こえた。「先輩」とは、まさかあの鳥のことか。

――役になりきって、即興で会話してるのかな……。

もしかしたら、何かの行事の練習なのかもしれない。

半ばは観光に行くような気持ちで、美穂は参道へ足を踏み入れた。

仮に芸事関係のご利益がなくても、神社のすっきりした空間で気分転換すれば、今感じている首や肩の重みが多少は解消されるかもしれない。

＊

約束の午後三時ちょうどに、からくさ図書館の玄関扉が開いた。

琥珀色の髪を後ろになでつけ、青鈍色《あおにびいろ》の着物を身にまとった青年が受付に歩いてくる。何人かの利用客がそれぞれのテーブルから顔を上げ、青年に見とれた。

髪と同じ琥珀色の目は切れ長で、白い細面は稲荷社を守る白狐を思わせる。しっくりと馴染《なじ》んだ着物姿も相俟《あいま》って、映画の撮影でも始まりそうな美丈夫ぶりである。

「いらっしゃいませ」

篁は、他の利用客に向けるのと同じ言葉を青年にかけた。

普通の人間は、この人物がかつて京都で活躍した陰陽師・安倍晴明だと知らない。

もちろん、閻魔庁第三位の冥官であり、篁の上官であることも。

晴明は、受付のデスクに生けた薄紫の小菊に目を向けた。

「嫁菜菊だ」

「さすが。よく分かりましたね」

本心から篁は言った。薄紫の花弁が愛らしい嫁菜菊は、野紺菊と見分けがつきにくい。葉のつるつるしているほうが嫁菜菊だが、よく見れば分かる程度の違いだ。

「二階に上がられますか？」

「うむ」

晴明が着物の襟を軽く寛《くつろ》げた。そこから覗いたのは、尖《とが》った嘴《くちばし》と丸い目を持つ猛禽《もうきん》類であった。

――鷹を持ちこまないでくださいよ！

篁は無言で、背後のドアを手で示した。事務室には二階へ通じる階段がある。

「ありがとう」

律義に礼を言って、晴明はドアを開けた。懐の鷹は他の客から見えないようすでにしまわれているのを確認して、篁はひそかに安堵《あんど》した。

――時子様。びっくり箱呼ばわりで問題ないですよ。

「あまり驚かなかったな、篁卿」

後を追って事務室に入った篁に、晴明は不満を述べた。まっすぐ階段へは行かずソファに腰かけ、一息つく様子は余裕たっぷりだ。

「表面に出さなかっただけで、度肝は抜かれましたよ。式神をいたずらに付き合わせるんじゃありません」

「あっ、やはりお気づきになりましたか、篁様」

晴明の腹のあたりから幼い少年の声がした。

「気配で分かりますよ、双葉《ふたば》君。窮屈でしょうから、出ておいでなさい」

「だそうだ、双葉」

「ではお言葉に甘えて」

青鈍色の着物から鷹が転がり出る。宙返りしたかと思うと、床に十歳ほどの少年が立っていた。おかっぱ頭はいつも通りだが、着ているのはゆったりとしたカットソーとジーンズというラフな格好だ。

「篁様、ご覧ください。ふつうの小学生のすがたです」

「元気そうで、よく似合いますよ。晴明様のお見立てですか？」

「いいえ。わたしが自分で、街をゆくものたちの姿をまねたのです」

「勉強熱心ですね。それに引き換え」

篁は眉を吊り上げた。晴明は何食わぬ表情で、双葉の袖口を直してやっている。

「晴明様。よくもまあ、一般人の前で懐から猛禽類を出しましたね」

「万一見られても、篁卿の縄張りなら客層が良いから干渉されないと思った」

——殺し文句ですか？

篁が営んできたこのからくさ図書館では、他の客が鷹を連れているからと言って好奇心で触りたがるような客はいない。晴明はそう言いたいらしい。

「さて、素晴らしい縄張りを作った篁卿の働きを見込んで頼みがある」

「そんなことだろうと思いましたよ」

篁は奥の給湯スペースに向かい、薬缶《やかん》を手に取った。

「菊茶を淹れながらお聞きしましょう。電話でおっしゃっていた件ですね？」

「ああ。最近新しく作った式神二人と双葉が、瘴気《しょうき》に取り憑《つ》かれた娘を見つけた」

瘴気とは、生き物などに悪影響を及ぼす力だ。昨今の京都は人の行き来が増えたため、瘴気を抑えることが晴明の重要な課題となっている。

「それで鷹に変化《へんげ》して飛んできたんですか、双葉君」

「はい。わたしと、新人ふたりで車折神社を見学しているときに見つけたのです。あとを新人にまかせて、晴明様の元へ飛んだのです」

「新しい式神二人には、災いを取り除く力を付与した」

「それは頼もしい」

「しかし、まだ生まれたばかりでな。手伝ってやってほしい」

「荷が重いですね……。双葉君。そのお嬢さんはどんな状態でした？」

「首回りに瘴気がたまっていて、つらい気分をかかえているようでした。招福どのが『いらっしゃい』と招く声が聞こえたようです。怪しんでいる様子でしたが、なぜか車折神社に入っていきました」

「つらいからこそ、神社に入りたくなったのかもしれませんね。ご利益の内容以前に、神社とはそういう場所ですから」

湯が沸いたので、薄い白磁の茶器に注ぐ。こうしておくと温かい状態で飲み物を味わえる。

「晴明様ご自身が、新しい式神たちを助けるわけではないのですか？」

「私以外とも協力できるようでなくては困る。野良の子猫を保護したときなど、人慣れさせるためにいろいろな人間に会わせると里親を見つけやすくなるそうだ」

「猫と一緒みたいに語っていいんですか、式神の育成……」

「共通点は、なくもない」

そういうものだろうか。

篁は冥官の術を駆使してきたが、式神は使えない。陰陽道とは根本から違うのだ。

白磁の急須に乾燥した菊を入れ、低い位置から湯を注ぐ。乾いた花びらを優しくほぐすつもりで穏やかに注ぐのが篁の好みだ。

「いらっしゃい。晴明様、双葉」

菊の香りと時子の声が入り交じり、篁は陶然とした。今度、菊茶を入れている最中に話しかけていただこう――とひそかに企《たくら》みつつ、急須に蓋をした。

「ごきげんよう、時子様」

「元気そうだな」

階段を降りてきた時子に、晴明と双葉が挨拶をする。

「二階の廊下から、少しお話が聞こえたわ。困っている子がいるのね」

ぽん、と背後から時子に背をたたかれた。

「篁。菊茶と館長の代理ならわたしに任せて、いってらっしゃい」

「あっ、やはり時子様には来ていただけませんか」

「館内にお客様が多いし、桃花さんも後から来るんだもの」

「篁卿。時子がいないからと言ってしょげるな」

「しょげるものですか。困っている人がいるなら、急ぎますとも」

エプロンの紐《ひも》を結び直す。

武人ならば兜《かぶと》の緒を締めるところだろうか。

千二百年の技を活《い》かすと思えば気力が満ちる。ただしあくまで穏やかに駆使するのが好みではある。たとえるなら、菊茶の香りのように穏やかに。

＊

くの字に曲がった石畳の道は、先が見通せない。道の両脇に並ぶ短い石柱のような瑞垣《みずがき》、名前の分からない常緑樹、電線や建物のない青空が、日常とは違う空気を美穂に感じさせる。

——瑞垣って名前、どこで覚えたんやったかなぁ。

中学や高校の授業で習った覚えはない。もっと昔から知っていたように思う。記憶をたどろうとしたとき、道の左側に朱《あか》い鳥居とクリーム色の案内板が見えた。

案内板は、この社が「滄海弁天社《そうかいべんてんしゃ》」という名であることと、芸能と福徳の女神である弁財天を刺繍《ししゅう》したお守りを頒布していることを記していた。

——せや、おばあちゃんや。

同じ京都市内、ただし賑やかな街中に住んでいる母方の祖母を思い出す。

美穂の家へ遊びに来たいつかの秋、一緒にこの参道を歩いた。「滄海」という言葉の意味が分からず祖母に聞いたのを覚えている。境内の枝垂れ桜が紅葉し、参道の脇に薄紫の嫁菜菊が咲いていたので秋に違いない。

しかし、どういう文脈で祖母は「瑞垣」という言葉を教えてくれたのだろう。とても大切な事項のように思えるのだが、思い出せない。

——お参りしとこ。

多くの場合、大きな神社には摂社や末社と呼ばれる小さな社も祀《まつ》られている。この滄海弁財天社は、賽銭箱《さいせんばこ》と社の間に距離があって水がわずかに流れているのが面白い。

——弁財天様は、水の神様やもんね。水を流してあげてるんやわ。

京都は好きだ。神様を大切に祀る静かな場所がそこかしこにあって落ち着く。しかしどうして自分は、京都らしい習い事に出会えないのだろう。

——素敵な京都っぽい習い事に出会わせてください。

手を合わせていると、後ろから女性同士の話し声が聞こえてきた。参道を歩いてこちらに近づいてくる。

「ああ、残念。菊酒の振る舞い、終わってたなんてねえ」

「舞いも終わってたし、タイミング悪かったぁ」

「でもお守り買えたね。推しの色のお守り！」

残念がっているが、声は明るい。それなりに京都観光を楽しんでいる風だ。

——菊の節句だから、何かお祭りをしてはったんや。

すれ違いになるとは、やはり自分は芸事に縁がなかったのだろうか。

肩を落として来た道を戻り、足元に咲く菊を見やる。

中心は満月のような黄色、周囲の花びらは夜明けのような薄紫。この可憐な野菊は、嫁菜または嫁菜菊という。

なぜそんな名前がついているのかは分からない。華やかな大輪の花ではなく小さく慎《つつ》ましい野菊が「嫁」の称号にふさわしいと、昔の日本では思われていたのかもしれない。

――はかない雰囲気の花やけど、結構な根性やな。道の割れ目から生えてはる。

前方に伸びる歩道には、嫁菜菊が短い間隔で点々と生えている。アスファルトと縁石のコンクリートの間から芽吹いたようだ。

――いつの間に生えたんやろ。

近所なのだから気づいても良さそうなものだが、花が咲かないうちは見落としていたのだろうか。

嫁菜菊をたどるようにして歩くうちに、楽しそうな笑い声が聞こえてきた。庭のある煉瓦造りの洋館からだ。低い垣根で囲まれていて、庭の様子がよく見える。垣根の途切れたところに「からくさ図書館　別館」と木の札が掛かっていて、一般の住宅ではないのだと分かった。

屋外用のテーブルが三つも置かれて、そのうち二つは菊の花がこぼれんばかりに生けられていた。和服姿の女性が袖で口元を覆って上体を折り、可笑《おか》しそうに笑っている。笑いが止まらないようだ。後ろで一つにくくった長い黒髪が、猫の尾のように揺れた。

「おい、フクさん。いつまで笑っている。勝負はまだ終わっていないぞ」

女性の隣で、茶室から抜け出たようなきっちりした着物姿の男性が仏頂面をしている。白銀のふわふわとした髪は、若白髪だろうか。

「ごめんなさい、ジョーさん。あなたの着せ綿、あんまり可愛いものだから……」

フクさんと呼ばれた女性が笑いで声を震わせながら言う。男性は仏頂面を崩さない。

「可愛さではなく、着せ綿の技を追求しておるのだが？」

言い合う二人を見守っているのは、後ろのテーブルでくつろいでいる黒髪の青年と、おかっぱ頭の少年だった。青年は白いシャツにエプロンを着け、少年は渋い抹茶色の着物を身に着けている。家族ではなさそうだが、どういう関係なのだろうか。

「これは、しょうぶではないのですよ。ジョーさん」

おかっぱ頭の少年が言った。

黒髪の青年が二度うなずいてから、こちらを見た。眼鏡の奥の目は、笑みをたたえているようだった。

「見ていかれますか。菊の節句の着せ綿を教えているところです」

――かっこいい人が話しかけてきはった！

美穂の思考は、一瞬で青年の存在に集中した。

「いいんですか？　わたし、習い事を探してて」

「どうぞ、どうぞ」

青年が門まで歩いてきた。よく見ると、金属製の低い門扉は開けっぱなしになっていた。

「こんな立派な図書館があったんですね。近所なのに知りませんでした」

「ははは、こう見えても急ごしらえですよ」

青年が嬉しそうに笑い、好感触だと美穂は思った。見たところ年齢は二十代後半、問題ない。好かれたい相手だ。

――急ごしらえなんて、謙遜してはる。

きっと、京都市内にいくつかある有名で歴史のある煉瓦建築と比べているのだろう。

「いらっしゃい、ようこそ」

黒髪の女性が手招きして、美穂はお辞儀して「こんにちは」と挨拶した。先ほど車折神社の入口で聞いた「いらっしゃい」を思い出した。短い間に二度も同じ言葉を聞くのは、ちょっとした偶然だろう。

若白髪の男性は、表情を少し和らげて美穂に会釈した。こちらも「かっこいい」と言える顔立ちだが、フクさんという女性と仲が良さそうなので、距離感に注意しようと美穂は思う。

「着せ綿、きれいですね」

距離感に注意する、という方針に従って、美穂は先にフクのほうを見て言った。

「ほほほ、ありがとうございます」

フクは自分の前のテーブルを誇らしげに見下ろした。大きく平たい花器に大小の菊が生けられて、いくつかの花には白や薄紅色の綿がふんわりと載っている。

「先生たちの教え方がお上手なので」

フクが黒髪の青年とおかっぱ頭の少年を見る。

「花生けの、わーくしょっぷです」

カタカナ語を言い慣れない風に、おかっぱ頭の少年が言う。

「見てくださいな、うちのジョーさんの着せ綿」

フクの言葉に従って、ジョーのほうを見る。やはりテーブルからあふれんばかりに大小の菊が生けられているのだが、載っている綿の形が独特だ。

白い綿は、雪だるま形。あるいは、ソフトクリームのクリーム部分。あるいは、耳の長いウサギの頭部。

薄紅色の綿は、ハートの形だ。

——えらいキュートやん……。

「器用ですね！」

二番目に浮かんだ感想を、美穂は発した。

「ありがとう」

自信満々な口調で、ジョーは言った。それにしても若白髪と着物姿に「ジョー」は乙な組み合わせだ。本名ではなく愛称だろうか。

「ここは、公共図書館じゃなくて私設の図書館なんですか？」

美穂は、黒髪の青年に聞いてみた。シャツ・スラックス・エプロンと、四人の中で唯一、図書館職員らしい服装をしていたからだ。

「そうなんですよ。お客様には飲み物をお出ししています。あっ、私は一応館長を任されています」

「へえ……」

誰か上役がいるような口振りだ。どこかの財団法人の支部なのだろうか。

「いまなら、利用料金は要らないのです」

おかっぱ頭の少年が金属製の扉を開ける。チョコレート色をした本棚やテーブル、アンティーク調の照明が見えた。

——豪華や。採算、合うんか？

財団法人の支部なら、別の部門が利益を上げていれば問題ないのかもしれない。

「よろしければ、菊のお茶を飲んでいかれますか？」

「はいっ」

自分でも不思議なくらいの即答だった。

「あの、さっき車折神社へ行ったんやけど、菊のお祭りは終わったとこみたいで……」

「それは残念なことでした」

玄関へと一緒に歩きながら、館長は言った。

「学生さんですか？」

「はい、経営学科です。京都生まれやのに、京都っぽいこと全然やってません」

外から少年がドアを閉めた。あの二人と一緒に、庭で「花生けのわーくしょっぷ」を続けるようだ。

「経営学は、京都っぽくないんですか？　京都を生き抜くのに商いの知識は必要ですよ」

「生き抜く」て」

　美穂はつい笑ってしまった。

「館長さん、めっちゃ長いこと京都で厳しい人生送ってはる人みたいや。おもろい」

「そうですか？　地味で平和な暮らしをしていますが」

うっかりくだけた口調を気にする様子もなく、館長は閲覧室の奥に向かった。

なぜか喫茶店を思わせるのは、一人掛けのテーブルや二人掛けのソファのせいかもしれない。窓から見える緑の庭は、誰かの家に招かれたような錯覚を起こさせる。

——ええなぁ。

繁盛してほしい、と思う。そして今後も通うのだ。

「こちらのデスクが受付です」

左の壁際に重厚なデスクがあり、嫁菜菊が生けられていた。岩を想起させるごつごつとした花器によく合っている。道端でも見かける花だが、実は人気のある花材なのかもしれない。

「お好きな座席を選んでいただけますか？」

「じゃあ、あのテーブルをお願いします」

窓に近い一人掛けのテーブル席を指差した。大きな窓の外は裏庭のようで、緑の低木がいくつか見える。

「窓際なら、ソファもありますが」

「大丈夫です。本を読みたいから、テーブル席のほうが……」

「そうですね」

館長は栞に似た紙片に何か書きこんで、美穂に手渡した。

「こちらをお持ちになって、席でお待ちください」

紙片には「菊茶」と書いてあるだけであったが、ここにいて菊茶をもらえるという約束のようで、美穂は折り目を付けぬよう大事に持って席に着いた。背もたれのある木製の椅子にはクッションが敷かれていて、思いのほか座り心地がいい。

「まあ、ジョーさんったら。着せ綿は塔のように高く積んだら良いというものではありません」

玄関の方角からフクの声が聞こえる。あちらの庭ではどういう着せ綿ができているのだろうか。

「館長さん」

呼びかけると、館長がこちらを振り返った。ちょうど、デスクの向こうのドアを開けかけたところのようだ。

「あの人たち、ジョーさんとフクさんは、大人になってから華道を始めはったんですか？」

「華道というほどのものではありませんよ。ジョーさんもフクさんも、花に遊んでもらっているのです」

にこっ、と表記したくなるような、温かみのある笑顔で館長は返す。

――花に遊んでもらう……？

「どうぞごゆっくり。気になる本があれば、ぜひ読んでみてください」

美穂が戸惑っている間に、館長はドアを開けて閲覧室を出ていった。

――気になる本なぁ。

一番近くの本棚の前に立ってみる。

祭りや神社に関する本が並ぶあたりに、爽やかな白い背表紙が妙に目立っていた。

濃い緑の文字で『菊の節句』とあるのがタイトルだろう。

――菊の節句だけで、一冊埋まるもんやろか。

手に取ってみると、薄く手触りが良い。席に戻って、さほど期待せずに開いた。

九月九日の着せ綿は命を延ばします。

平安時代から続く歴史の長い風習です。前夜、菊の花に綿を載せておき、朝露の降りた湿った綿で体をぬぐいます。綿は植物の染料で染めた物を使うのでとても華やかな見た目になります。

当時の染料はさぞかし高価だっただろう。紅花や紫紺などだろうか。

「そやけど、植物成分で肌荒れせえへんのかな」

思わず独り言を言ったとき、館長がドアから出てきた。手には茶杯の載った盆を持っている。

「大丈夫ですよ。ジョーさんたちは、綿で身を拭うわけではないので」

「生けるだけなんや、良かった」

胸をなでおろした後で、不審に思う。まるで館長が美穂の思考を読んだかのようだ。

「たぶん着せ綿に使った植物染料のことだろうと思ったのですが」

「当たりです。よく分かりましたね？」

声が裏返ってしまった。探偵かクイズ王か、ただ者ではない。館長は危なげなく菊茶の盆を運んでくる。

「察しが良すぎて気味が悪いと、上の人間から何度か言われたものです」

「気味が悪いなんて。ひどいこと言う人がいるんですね」

「まあ、千年以上前に亡くなった相手ですので。悪く言うわけにもいきません」

「あははっ、千年て」

笑ったのは、冗談だと思ったからだ。きっと、だいぶ前に縁が切れて会う機会がなくなった、ぐらいの意味だろう。

明るい金色の菊茶がテーブルに置かれた。茶杯はきちんと茶托《ちゃたく》に載って、穏やかに湯気を立てている。

「いただきます」

口に運んだ菊茶は思ったよりもすっきりした味わいで、体がぽかぽかと温まった。

「あったまる。それに楽になった感じ」

「ありがとうございます」

館長が微笑んだので、美穂は感じたままを口にしてみた。

「まるで、巻いてたマフラーが床に落ちたみたいや。そんなん巻いてないけど」

と、自分で自分に突っこみつつ、木の床を見る。

館長の黒い靴と、チョコレート色をした机の脚の間に、赤い毛虫がいた。赤い全身に、灰色の毛がびっしりと生えている。

「うぎゃっ」

悲鳴を上げて椅子ごと飛びのいた。ガタンと大きな音が立つ。

「わ、ごめんなさい。高そうな椅子やのに」

「いえいえ、退避で正解です。人が触っちゃいけませんからね」

そう言いながら、館長は赤い毛虫を拾い上げた。しかも素手だ。

「館長さんっ？」

美穂は両手を震わせた。触ってはいけないのなら、館長の行動は何なのか。

「大丈夫です」

「大丈夫なんですかっ？」

館長の大きな手の上で、赤い毛虫がうねる。

「ドクガやチャドクガの幼虫は毒針を周囲に散らすので近寄るだけでも危険ですが、これは違います。安心して菊茶を飲んでください」

「そういう話じゃないでしょう、篁」

少女の冷たい声がして、館長は受付を振り返る。デスクのそばに立っているのは、十七、八歳に見える少女だった。クラシカルなワンピースと栗色の長い髪は西洋の人形を思わせ、吊り気味の大きな目は子猫を連想させた。

「来ておられたんですか、時子様」

「本館は晴明様にお願いしてきたわ」

ワンピースの裾がふわりと揺れる。館長は——篁と呼ばれた青年は、近づいてくる少女を見つめる。

「触るなと言ったものを本人が素手でつかんだらびっくりするでしょう」

「しかし物事の説明には順番がありますから」

いけしゃあしゃあと篁は言う。手の上では相変わらず赤い毛虫がのたうっていた。

「ごめんなさいね」

栗色の髪の少女が、心底申し訳なさそうに言った。

「篁は人助けが上手だけれど、びっくりさせずに人助けをするのはちょっとだけ下手なの」

「は、はい……」

——どんな人やねん？

近づきすぎないよう気をつけながら、篁の手を見る。こんな真っ赤な毛虫は見たことがない。

「あのう、この毛虫……何ですか？」

「説明が後になりましたが、毛虫ではありません」

「そんなら、別の生き物？」

椅子に戻って菊茶を飲む。幸いまだ温かく香りも飛んでいない。

「生き物ですらない。瘴気です」

「しょうき？　屋根の鍾馗《しょうき》さんやなくて？」

鍾馗とは、京都の瓦屋根にちょこんと載っかっている細工物だ。中国の鍾馗という人物がモデルで、魔除《まよ》けの意味があるらしい。

「悪い『気』です。人の行き来が盛んになるにつれて、京都では増えてきています」

「いやいや、オカルトとかスピリチュアルとかの話とちゃいますよね？」

赤い毛虫は現に篁の手にいる。あまりしっかり見たくはないのだが。

「結界の張り直しが必要なのよね」

少女まで、おかしなことを言っている。

「驚かせてすみません、からかっているわけでも、怪しい団体に誘っているわけでもないんです」

篁が、毛虫を載せていないほうの手のひらをまっすぐにした。手刀の形だ。まさか。

「えい」

手刀がたたきこまれ、毛虫が砂のように崩れる。崩れるということは、毛虫ではない。動いていたので、砂糖菓子の類でもない。

「私程度でも、これくらいならどうということはありません。瘴気とは本来普通の人間には見えない物ですが、実体化させた上で消滅させてみました」

私程度、とはどういう意味なのか。もっと上に並外れた存在がいるのか。

「ちょっと、ちょっと整理させてください」

「菊茶のおかわり、注ぎましょうか」

「それより教えてください。あなた方、何者なんですか？」

「図書館のあやしい館長とその助手よ」

栗色の髪の少女が言い、篁があからさまにショックを受けた顔になる。

「時子様。もう少し言い方を」

「この人がなぜあやしいかって言うとね」

時子様と呼ばれた少女は、窓際のソファに座った。

「不思議な出来事で悩んでいる人を助けようと思って、この図書館を作ったの。動機は善人だけど手段が人間離れしているから、驚かせちゃったわね」

「まさかこの図書館が生き物で、パクッと食べられるとか、家に帰れなくなるとか、そういうのじゃないですよね？」

「いいですねえ、それ」

「おだまりなさい」

篁の戯れ言を、時子がぴしゃりと叱った。

「篁はお客様を驚かせすぎ。この前は稲荷神に仕える神狐さんだったけど、普通の人を引きこんだら失神するかもしれないじゃない」

「はい普通の人です……」

脱力しながら美穂は言った。

稲荷神やその御使いが当たり前に話題に上る、この図書館は異空間すぎる。

「不思議な出来事で悩むって言うても、わたしが今悩んでるの、この図書館は何なのかってことなんですけど」

「いやあ、まったくおっしゃる通りです。悩みますよね」

「さっそく大きな課題を抱えたわね、篁」

玄関の扉が開いた。

跳ねるような足取りで、少年が歩いてくる。着せ綿の菊を持って付き従っているのはジョーとフクだ。

「わたしが説明いたします」

少年が両手を広げた。

渋い抹茶色の袖がはためき、翼の大きな鳥が宙を舞う。

美穂は両腕で頭をかばった。

幸い、接触する羽目にはならなかった。ソファの背に舞い降りたのは、縞《しま》模様のあざやかな鷹であった。見回すと、少年の姿は消えている。

「ここです、おじょうさん」

鷹が嘴を開くと、先ほどの少年の声が飛び出てきた。

「ちょ、何で？」

「わたしは、そういうものなのです。とある陰陽師に仕える式神。式神については、ごぞんじでしょうか？」

「占いとか魔物退治とかする平安時代の人が陰陽師で……それの手伝いをする妖精さんみたいなのが式神。って、映画とかドラマで見た。時代物の」

「ふむ。平安時代のほかにも、陰陽師の活躍した時代はあるのですが。まあ、よかろうなのです」

少年らしからぬ口調だ。人間の子どもでないのは本当かもしれない。

「わたしは今日、後輩であるジョーさんとフクさんといっしょに、車折神社にいたのです。木の上から、あなたを見ていました。鷹になって飛ぶわたしを、見上げていたでしょう？」

驚きを表現するのも忘れて、美穂は何度もうなずいた。カラスやスズメならともかく、車折神社周辺で鷹を見たことなど今日を除いて一度もない。

「『いらっしゃい』と声をかけた女性は、フクさんなのです」

「ご紹介にあずかりました、フクです。本当の名を招福といいます。招く福と書いて、招福です」

女性が着せ綿の菊を抱えたままおじぎした。つられて美穂も挨拶する。

「黒坂《くろさか》美穂です。あのとき『いらっしゃい、いらっしゃい』っていうのを聞いて、お芝居か何かの練習かと思いました」

「そのことだ！」

突然大きな声で割りこんだのは、ジョーだった。若白髪の下から鋭い視線を送ってきて迫力がある。

「俺は、フクさんの相棒で除災《じょさい》という。災いを除くと書く」

「あっ、除災でジョーさんなんですね」

二人合わせて「除災招福」だ。

「フクさんがあなたに『いらっしゃい』と声をかけたのは、あなたの首と肩に瘴気がまつわりついているのを見て心配したからだ」

美穂は自分の肩周りに触れた。今は軽い。

「わたしは美穂さんを見て心配になり、鷹になって我があるじたる陰陽師のもとへ飛んでいって知らせたのです」

鷹が翼をばたつかせながら言った。

篁が「おつかれさま」と言って鷹の小さな頭をなでてやる。

「で、人使いの荒いその陰陽師が、館長である私に頼んだわけです。瘴気に憑かれた女性を見つけたので、助けてやってくれと」

「式神を使う陰陽師と、あやしい図書館を使う館長さんが友だち……？」

「違います。断じて違います。友だちではありません」

状況を把握しようと発した美穂の独り言を、篁は遮った。

「詳しい事情は話せませんが、陰陽師は私の上役です。逆らえない立場です」

「そんな」

美穂の胸に押し寄せたのは、まだまだ先と思っていた就職活動への恐れであった。

「陰陽師とか館長さんみたいな魔法使いとかの世界にも、厳しい上下関係があるんですか……？」

「まあ、それなりに。上役の陰陽師には『忙しすぎて隠居したいから後を継いでくれ』と言われたことがあります」

「ほんとうなので、かばいきれません……」

鷹の姿で少年はつぶやいた。

「急にリアルに思えてきました。そっか、大変なんや……」

美穂の両親は企業で働いている。残業して帰ってきた日は魂が半分抜けたような足取りなので心配になるほどだ。

「分かってくださいますか、美穂さん」

篁に名前で呼ばれて、意表を突かれた。てっきり「黒坂さん」と苗字《みようじ》で呼ばれると思ったのだ。

「え、えっと。親も働いてて大変そうなので、シンパシーが湧きました。わたしが元気にならないと、館長さんたちがその陰陽師に怒られちゃうんですね？」

「はい。鍛え方が足りないと称して仕事を倍に増やすぐらいはしそうです」

「ひどい。うちの親の会社だって残業が月四十時間越えないように就業規則で決まってるのに」

「分かってくださいますか。さすが経営学科の学生さんです」

篁がかがんで、美穂に向かって低めのバンザイをする。

美穂も手を伸ばした。互いの両手で固い握手を交わしかけた瞬間、栗色の長い髪が風のように割りこんできた。

「労働者の権利について盛り上がっているところ悪いけど」

時子であった。

テーブルに置かれた『菊の節句』を指差して、もう一方の手を細い腰に当てる。

「読んであげて。篁が、あなたのために作りだした本を」

——普通の本ちゃうんやな。

それだけは分かる。

美穂はテーブルに戻って、再び『菊の節句』を手に取った。

「あなたがその本に触れたから、瘴気は力を失ったの。毛虫に変えられて、たたかれたら散って消えてしまうほどに」

時子の言う通りならば、この本は恩人のようなものか。

「菊茶だけのおかげじゃないのよ。あと、割りこんだのは焼き餅じゃないから」

――焼き餅や。妬いてはるんや。

こちらも、距離感に気を付けねばならないようだ。

「魔法使いの力で、できているんですか？」

「九割はそうですね。私の力です」

ざっくりとした数字で篁は答えた。

「しかし一割は、あなたの魂からできている本です。愛《め》でてくださいますように」

――魂。そら、大事にせな。

「菊茶以外にもご用意できますが、いかがいたしましょうか？」

「温かいコーヒーと紅茶があるの。お砂糖とミルクも付けられるわ」

「じゃあ、紅茶にミルクをお願いします」

時子の両目が、待ってました、とでも言いそうな光り方をした。

「ミルクティーね」

入館したときに受け取った、菊茶と書かれた紙片に時子は「ミルクティー」と書きこんだ。喫茶店の伝票に似ている。

「読みながら待っていて。きっと、大事な思い出があなたのもとに帰ってくるわ」

ワンピースの裾を翻して、時子はドアへと向かう。

――なくした大事な思い出なんて、あるんやろか？

内表紙を開くと、薄紫の嫁菜菊が見開き二頁《ページ》を埋め尽くしていた。たおやかな花なのに、咲き誇るという表現がぴったりくるほどに多くの花をつけている。

――『菊の節句《く》』って本なら、もっと派手な菊が出てくるのかと思った。

美穂の感想を汲み取《と》ったかのように、次の頁には二種類の菊の写真が載っていた。

大輪の菊と、嫁菜菊のように小さな菊だ。

大きい菊はJの字に湾曲した花びらが密集している。輪菊という呼び名の、美穂が思う「派手な菊」だ。白や黄色は葬儀でよく使われる。

小さいほうは、中心が黄色で周囲を細長い花びらが取り巻いている。五十円硬貨にデザインされているような、いわゆる野菊だ。

菊という名の花はありません。
さまざまな菊があります。
日本で栽培される和菊、海外生まれの洋菊。観賞用の菊。食用の菊。
どんな種類の菊にも共通するのは、生命のイメージです。
生ければ長持ち。害虫に強い。

花を食べられる種類もあれば、葉を食べられる種類もあります。

そして、日本と中国では、菊は長寿の象徴なのです。


——うん、そやから着せ綿もするし、重陽の節句に長寿を願って菊酒飲むんやんな。

知っている。失った思い出は、もっと先の頁にあるようだ。

次の頁は、白紙だった。

乱丁かと思ったとき、清々しい香りが鼻をくすぐった。懐かしさを覚える香りだ。

思い出そうとして目を閉じてみる。

闇に浮かび上がったのは明るい食卓だ。父や母の声が聞こえるが、話の内容が分かるほど明瞭ではない。そのかわり、正面に座っている祖母の様子はよく分かる。まだ白髪のない、十年あまり前の姿だ。

《美穂ちゃん、嫁菜なんて食べはるの？　苦いえ？》

祖母は心配げな口調だ。

《苦いのに、なんでおばあちゃんは食べてはるの？》

美穂の声はとても幼い。いつの記憶なのだろう。

《うちは、大人やし》

祖母の前には、枝豆ご飯を盛った飯碗《めしわん》や吸い物や肉野菜炒《いた》めの大皿が並んでいる。ボリュームを感じるそれらの中に、小鉢がちょこんと置いてある。

小鉢に盛られているのは、青菜のおひたしに似た料理だ。どうやらこれが嫁菜であるらしい。

——お花なら嫁菜菊で、葉っぱを料理にするときは嫁菜って呼ぶんかな。

少ないとはいえ山高にこんもりと盛られた嫁菜に、箸が付けられた様子はない。祖母は肉野菜炒めを取り分け用のトングで自分の銘々皿に盛りはじめた。

《ええなぁ。大人の嫁菜》

幼い美穂は、祖母が食べようとしている嫁菜を食べたがっているのだ。

——嫁菜って確か、春の若い芽をゆでると食べられるんやったかな。ほんなら春の記憶なんんや。

《ええなぁ。お嫁さんの嫁菜》

——お嫁さんの嫁菜って何やねん。

我ながら意味不明だが、声音からすると幼い美穂は「お嫁さん」に憧れているように思える。

《美穂ちゃん、早うお嫁さんになりたい？》

母の声が明瞭に聞こえた。祖母の娘なので声が似ている。

《えー、知らんけど》

――子どもの言うことって、よう分からんなあ。

《ちょっと、ちょっと。お嫁に行く話なんて早いよ》

今度は父の声が明瞭になった。

《もっと先、十年以上先だよ。美穂ちゃんまだ五歳だもんね？》

父はあわてているようだ。確かに五歳児には早い。

《そや、美穂ちゃん次は六歳やんな？　習い事どうしはるの？》

祖母が肉野菜炒めを食べる合間に聞いた。

《どないしよ思てるの》

答えたのは母だ。

《六歳の六月六日に習い事を始めると上達するって言うやん？　そやけど、本人が好きなもんでないとしゃあないとも思うねん》

母の言葉に、祖母はうなずいている。

《あんさんは、ピアノから即座に学習塾に鞍替《くらが》えしはりましたな。七歳のとき》

《自分で弾くより聴くほうが好きって言うたやん。なぁ美穂ちゃん、六歳の六月六日になったら、習い事しはる?》

祖母の思い出話にコメントしてから、母が聞いた。

《やりたいことある? 京都だからお茶とかお花とか、踊りとか》

父が列挙してみせた。

《えー。保育園の友だちは、おうちの人とお茶習ってはるけど。うーん》

もごもごとした声で美穂は言う。たぶん食べ物が口に入った状態で喋っている。

《口に物入れたまま喋らんと、教えておくれやす》

祖母が注意しながら頼んできた。

《おばあちゃんが嫁菜を一口くれはったら、ちゃんと考える》

——あつかましいちびっ子やな、五歳のわたし。

五歳の自分がどういう性格だったのか、少しは覚えている。他の人間には許可されているのに自分には禁じられている、不公平な状態が嫌いなのだ。

《一口なら、ええけど。苦くても泣かんといてなぁ。美穂ちゃんに泣かれたら、うち悲しいわ》

祖母が嫁菜を箸でほんの少しつまみ上げ、こちらへ近づけてくる。

青々とした、春菊に穏やかな苦みを加えたような香りが美穂の口腔《こうこう》に広がる。
——わ、この思い出、味と香り付きやぁ。
十九歳の美穂は、嫁菜の味にひたりながら白髪のない祖母の顔を見た。
《どない？》
祖母がそっけない口調で聞く。予想したほど派手な反応がなくて拍子抜けしているのだろうか。
《んー。葉っぱって感じで、苦くて濃い味やなぁ。九条ネギと一緒で、たくさんは食べられへん》
——あ、薬味と同じ枠に入れてる。
舌に残る青い香りは、薬味と言えないこともない。しかし、たくさん食べられないような味ではない。
《まあ、大人向けの味やからね》
祖母は、さほどがっかりしていないようだった。
《あのな、おばあちゃん。美穂な。大人になったら、嫁菜を美味《おい》しいって思うわ》
《賢いなあ、うちの娘は。時間の流れと成長が分かっている》
親馬鹿そのものの口調で父が言った。

《はい、いつも通り賢い。そんで、どうなん？　習い事》
母が聞いてきた。祖母は吸い物を飲んでいる。
《美穂はなぁ、嫁菜をぱくぱく食べられるようになりたい》
《どんな習い事やねん？》
母の突っこみは至極当然だ――と、十九歳の美穂は思う。
《美穂はなぁ。大人になってから、習い事がしたいねん》
《おおっ》
父が感動気味に声を震わせた。それに反応せず、幼い美穂の声は続く。
《習い事は、後でええねん。大人になって嫁菜をぱくぱく食べられるようになって、お父さんお母さんみたいに働いて、それからでええねん》
《そか。ほな、元気な大人になれるように、うちが菊の花にお願いしとくわ。九月九日になったら》
《おばあちゃん！　なんで九月九日なん？》
幼い美穂が語気を強めて尋ねる。六月六日の話から九月九日に話が飛んだので、唐突に思えたのだろう。
《三月三日のお雛《ひな》様をな、九月九日にも飾るんよ。後の雛っていうお祭りや》

《のちの、ひな?》
《桃の花を飾って女の子の成長を願うのが三月三日の雛祭り。菊の花を飾って長寿を願うのが、九月九日の後の雛。昔は九月にもお祭りする家が多かったんえ》
《ふうん……》
《もし三十歳で習い事を始めても、百歳まで元気やったら七十年できるやろ》
《わかった。九月九日にまた、おばあちゃんちに来る!》
祖母の表情が緩む。孫の来訪が楽しみで仕方ないようだ。
《そんでな、おばあちゃん。のちのひなでは、何食べるん? ひなあられも、ひしもちも、九月に売ってへんやろ?》
《どうやろなぁ。菊茶と菊酒なら聞いたことあるけど。錦市場《にしきいちば》で大きい、大きい焼《や》き甘栗《あまぐり》でも買おか》
《大きい、大きい焼き栗!》
弾む声で幼い美穂は祖母の口振りを真似る。形容詞を繰り返す京都風の言い方だ。
今の祖母も、話し方は変わらない。
——忘れてたなぁ。
本から顔を上げる。紙面は白いままだが、どういうわけか頁は進んでいる。残りの頁は半分以下だ。

テーブルの上では、ミルクティーが湯気を立てていた。いつ持ってきてくれたのか、覚えがない。

金色に彩られたティーカップの取っ手に触れる。温かい。

口に含んだミルクティーが、舌を優しく通り過ぎていく。

——美味しい。

本を開いて取り戻した記憶の中で、幼い美穂は焼き甘栗に喜んでいた。今飲んでいる砂糖抜きのミルクティーは、当時飲めなかった大人の味だ。

「道理で、しっくりくる習い事、見つからへんかったはずや」

納得の気持ちをこめて、発見を言葉にしてみる。

習い事は大人になってからでいい。五歳の自分が、十四年にわたって志をつらぬいてきたのだ。美穂自身が忘れていても。

頁をめくると、今度は文字が現れた。


あなたが長く元気でいられますように。

たった一行の言葉から、祖母を思い出した。本当なら、若い世代から「いつまでも元気で」と願われる立場の祖母が、五歳の美穂に「元気な大人になれるように」と願ってくれたのだ。

九月九日、重陽の節句に後の雛を飾って、大きな焼き甘栗を買って。

——思い出せる。六歳の九月九日。

祖母の家の客間に、緋毛氈《ひもうせん》を敷いた雛壇が岸壁のようにそびえていた。卓上には焼き甘栗が盛られ、薄紫の嫁菜菊が生けられていた。その嫁菜菊は、道に咲いていたものから特に綺麗《きれい》なのを選んだのだと祖母は言った。

甘栗を食べ終えてから、母の運転する車で家に戻った。そのときに祖母もついてきて、母子三世代で車折神社に参拝したのだ。

参道の両脇の瑞垣を見て、幼い美穂は「檻《おり》がある」と言った。祖母が笑いながら「あれは瑞垣え」と教えてくれた。「悪い物から守ってくれるんえ」とも。

最後の頁だ。

神社の神楽《かぐら》だろうか、頭に黄色い菊を飾った少女が二人踊っている。白い袖はたっぷりとしていて、胴体を覆う濃緑の生地は菊の葉を、薄紫の帯は嫁菜菊を思わせる。

心の奥底の懐かしさに従って、美穂は再び目を閉じた。

《どや、美穂ちゃん。きれいやなあ。最近やっと復活したんやで。重陽の節句の、重陽祭や》
祖母が自分のことのように誇らしげに言った。頭に黄色い菊を飾った少女が二人、楽の音に乗って舞っている。
《車折神社さんも苦労しはったんやろな》
美穂を抱き上げている母が、小さな声で言った。
《美穂ちゃんも、踊りやってみたいか？》
祖母に尋ねられる間も、六歳の美穂は舞いに見入っている。二人の少女は白く化粧されて、表情は神と見つめ合っているかのように静かだ。
《きれいやなぁ。美穂は、踊るよりも見てるほうがええわ》
《あっは、同じこと言うてる》
母が身を揺らして笑った。聴くほうがいいと言ってピアノをすぐにやめた件だ。楽の音が流れる。二人の少女が踊る。巻き上がった御簾越しに、緑の木が陽光を照り返す。
美穂は目を開けた。両手で開いていた『菊の節句』は、渦を巻く白い霧となって消えていく。

「祝福だったのですね。習い事が見つからないのは」

ソファに篁が座っていた。そばには時子が立っている。

「そうね。『大人になってから習いごとをする』『そのために元気な大人になる』二段構えの祝福だわ」

託宣を受けた巫女のように、時子は確信を持った言い方をする。

「あなたとお祖母様が、菊の花を介して成就させた祝福ね。大人になって花開く、遅咲きの幸せがあなたを待ってる」

よく通る声で時子が予言する。

この少女はたぶん、と美穂は思う。

自身を「助手」と紹介したこの少女は、篁とは別種の強い力を秘めている。

「あのう、本の内容、二人とも知ってはるんですか？」

だとしても、もう驚かない。

「私の術で作った本ですので」

「篁の作った本だから、分かるの」

篁と時子も、ジョーとフクのような二人一組の存在なのだろう。たとえるなら、雛飾りの最上段に座する男女のように。

「美穂さん。あなたに取り憑いた瘴気——悪い気は、京都らしい習い事が見つからないと悩むあなたの心の隙につけこんだのです」

「大丈夫だった？　肩や首の重さの他に、気になるところはない？」

心配げに時子が聞いてきた。こちらの心を見透かしているわけではないのだ。

「他にもあったかも、しれないです。お茶やお花、着付けに親しんではる友だちのことを思って、みんなのほうが恵まれてるんちゃうか……って考えてたら、胸がつっかえたみたいになったんです」

「危なかったわ」

ワンピースの胸元に手を当てて、時子は息を吐き出す。

「友だちは大事だもの」

しみじみとした口調で言う。こんなに可愛い子なら友だちなんてよりどりみどりでは、と美穂は思うのだが、色々悩みや苦労があるのかもしれない。

美穂は明日も大学へ行く。

友人たちに会ったら、習い事について聞いてみようか。

それとも、課題だとか、ランチに行きたい店だとか、関係ない話をしようか。

京都の街中に住む祖母にも会いたくなってきた。あれきり嫁菜を食べていないと言ったら、呆《あき》れるだろうか。

「ジョーさんとフクさん、元に戻ってしまいましたね」

篁が受付のデスクに近寄った。

着せ綿の菊が置かれたあたりに、丸っこい陶器製の人形が並んでいる。向かって右は女雛、左は男雛だ。

「二人の本体は、焼き物の雛人形なんですよ。ジョーさんこと除災さんは男雛、フクさんこと招福さんは女雛」

篁の言葉を、美穂は疑わなかった。

目を細めて笑っているような女雛、目尻を吊り上げた凜々《りり》しい表情の男雛にはあの二人の面影がある。

――また来てもいいですか？

美穂はそう聞こうとしたが、なぜか口がうまく動かない。篁は微笑み、時子は小首をかしげている。

魔法使いの図書館は、一度きりしか入れないのだ。そう言われている気がした。

足が自然と玄関へ向く。潮時だ。人間の世界へ帰る時間が来た。

「息災でね」

時子が見かけによらない古風な言葉で別れを告げる。孤独な魔女に猫が寄り添う、西洋の童話を思い出しながら美穂は自ら玄関の扉を開けた。

*

昨日入ったあの図書館に、名前はあっただろうか。

西の空が桃色に染まる頃、美穂は車折神社駅で電車を降りた。街中でガラスのイヤリングと本を買った帰りだ。

のけぞり気味の狛犬の前を通り過ぎ、道端に生えた嫁菜菊をたどって、庭のある煉瓦作りの図書館を探す。

見落とさないようゆっくり歩いていると、小さな診療所が前方に見えてきた。

何年も前からある内科の診療所だが、入ったことはない。

普通のコンクリートの二階建てだ。玄関にはスロープが付いていて、車椅子でも入れる。タイルを使った花壇には、黄色と赤の野菊が花盛りだ。

――立派に咲いてんなぁ。

しばし見入っていると、診療所の扉が開いた。

白衣の上下を着た女性が、ホウキと金属製の大きな塵取《ちりと》りを持って出てくる。看護師か医師かは分からない。

花壇の前で、女性は掃き掃除を始めた。まだ落ち葉が盛んに散るような時期ではないが、きれいにしておく方針なのだろう。

——ああいうのも、京都っぽいやんか。

菊を植えて、働き、仕事場の門前を掃き清める。「和」や京都に関わりのなさそうな仕事でも、あの女性は京都での人生を生きている。美穂にはそう思えた。

「こんばんはぁ」

すれ違いざまに挨拶してみる。

「はい、こんばんは」

白衣の女性は顔を上げてにっこり笑いながら挨拶を返してくれた。

野菊を植えた診療所を通り過ぎ、細い路地を抜ける。

——ない。絶対、うちの近所やったのに。

子どもの頃から住んでいる町で、迷うはずがない。しかし、西の空が桃色から茜《あかね》色《いろ》に変わっても、あの図書館は見つからない。

また来てもいいですか、という言葉が出なかったのは、ここは異界だからもう来てはいけないと無意識に感じたからか。

それとも、あの魔法使いのような館長が、言わせなかったのか。

気温が低くなったのを感じる。無性に、両親が待つ家に帰りたくなる。

——これからは瘴気に負けへんように。

美穂は家へと歩きだす。

瘴気に絶対負けない方法が、あるのかどうか分からない。ただ、幼い自分の決断を大切に覚えていることはできる。

たそがれどきの風に嫁菜菊が揺れる。

春になったら、一口食べてみたいと思う。

第二話・了

第三話　井戸龍神と萩の宮

寝室にスミレ色の光が差しこむ夜明け前、篁は夢うつつに鹿の声を聞いた。枕にゆったりと頭を預け、耳を澄ませる。

今は九月の下旬。秋の始まりであり、紅葉が待ち遠しい時期でもある。

ピューイ、ピューイと哀切な音色に誘われて、篁は和歌を口ずさんだ。

奥山に　もみぢ踏み分け　鳴く鹿の
声聞くときぞ　秋はかなしき

山の奥深くで、散った紅葉を踏み分けて鹿が鳴く。孤独を癒やしてくれる相手を求めるその声を聞くときこそ、秋は哀《かな》しく感じられる。

紅葉に囲まれて進む鹿をありありと思い浮かべつつ詠唱を終える。『小倉百人一首』にも採られた、猿丸大夫《さるまるだゆう》の名歌だ。

——孤独な命に訪れる冬の前触れ。そう思うと紅葉は残酷だ。

ひとしきり鹿に共感していると、だんだん意識が冴《さ》えてきた。

掛け布団を跳ね上げ、枕元にあった縁無し眼鏡をかける。

——鹿はおかしいだろう、鹿は。

からくさ図書館の付近に、鹿が棲むような山はない。今出川通を挟んだ南側は吉田《よしだ》山《やま》だが、住宅地の中の孤立丘なので鹿は生息していない。

カーテンと窓を開け、裏庭を見下ろす。

花房の減ったサルスベリ、まだ葉の青い楓、実が赤茶色になってきた南天。

どの木の陰にも鹿は見当たらない。

しかし、丸くぽっかりと口を開けた井戸からはピューイ、ピューイと鹿の声が聞こえてくる。遠ざかる様子がないので、目的地はこの図書館らしい。

「今行きます。待っていてくださいね」

呼びかけると、鹿の声は止まった。やはりただの鹿ではない。

「晴明様、いったいどこまで通路を広げたんでしょうね」

裏庭の井戸は、あの世の役所である冥府だけでなく京都の各所につながっている。

晴明の話ではこの頃南のほうへ拡張工事を進めているらしい。

寝間着姿で客を出迎えては失礼だ。

急いでシャツとスラックスに着替えていると、ドアの外から柔らかな衣擦《きぬず》れが聞こえた。

「おはよう、篁。ドアは開けないままでいいかしら？」

「おはようございます。時子様」

男性の寝室のドアを開けるのはよろしくない。礼節ゆえに時子はドア越しに話しかけてくるのだと、篁には分かる。

「聞こえましたか？　珍しいお客様ですよ」

「聞こえたわ。篁がちょっと寝ぼけて猿丸大夫になりきっていたのも」

声が伝わる距離の近さに喜んでいる場合ではない。

「今着替えが完了しましたから、様子を見てきます」

「わたしも一緒に行く」

「ちょっと待ってください、まだ外は冷えます」

藍色のカーディガンを抱えてドアを開けたが、予想と違って時子はパジャマの上にしっかりと薄手のコートを着ていた。

「お気遣いありがとう。それは篁が着て」

私の服を時子様が着たら袖も丈も肩幅も余ってさぞかし可愛らしいことでしょう、と正直に言えば軽蔑の視線を向けられそうなので、篁は「はい」とだけ答えた。

「見てるこっちが寒いのよ。シャツだけなんて」

時子は廊下の明かりをつけて、先に階段を下りはじめた。

「どこの鹿さんかしらね」

「案外、春日社《かすがしゃ》の御使いかもしれませんよ」

「奈良の？　そんなに遠くまで通路を掘ったとは聞いてないけど……」

一階の事務室に下りて閲覧室を経由し、篁は庭への扉を開けた。

「聞こえますか？　ここは、冥官の小野篁の縄張りです」

井戸に近づき、真っ暗な奥底へ呼びかける。

「名をからくさ図書館といいます。目的地はここで間違いありませんか？」

ピュイ、と短い鳴き声が聞こえてきた。

いかにもその通り、と解釈して、篁は井戸の縁に足をかけた。

「時子様、それでは」

「いってらっしゃい。気をつけてね」

時子の声を背中で受け止めながら、井戸の奥底へ飛び降りる。

両膝を曲げて着地すれば、そこは石の壁と敷石で補強された通路だ。

「お待たせしました。上り口がなくてご不便をおかけしましたね」

地下で待っていたのは、白い牡鹿《おじか》であった。キュウと鳴くと、額に赤く神紋が浮かんだ。藤の花房が左右に円を描いて垂れ下がる、下がり藤の紋だ。

——本当に春日社の御使いでしたよ。時子様。

下がり藤は奈良の春日社の神紋である。春日社の神を勧請《かんじょう》——呼び寄せて祀った神社が、京都にはいくつもある。

「どちらの春日社からおいでですか？」

たぶん人間の言葉は分かるだろう、と予想して話しかけてみる。現代では「春日大社《かすがたいしゃ》」という呼び名が一般的だが、昔からの「春日社」で通じるだろう。

「えー……本日は晴天なり、本日は晴天なり。発声練習、よし」

白い牡鹿が人の言葉を発した。成人男性の声だ。

「わたくしは、奈良の春日社から最初に勧請された神社から参りました。神社の別名は京春日《きょうかすが》と申します。どこから来たか、分かってくださいますか？」

「大原野神社《おおはらのじんじゃ》ですね」

京都盆地の西の山際に位置する神社だ。行政上は京都市西京区《にしきょうく》にあたる。

「さようでございます。さすが篁様。歴史にも明るきお方と、大原野神社の神より伺っております」

白い牡鹿は何歩か後退してから頭を下げた。角が当たらぬよう気遣ったのだ。

「わたくしは大原野神社の神の御使《みつか》い。鹿の声から人の声に切り替えるのには、時間が掛かります。突然の発声練習で驚かせて失礼いたしました」

「猿丸大夫の和歌を思い出すほど、良い鳴き声でしたよ。こうして言葉で感想を伝えられて、嬉しいです」

「『奥山にもみぢ踏み分け』ですな。ありがたき幸せ」

白い牡鹿は目を細めた。社交辞令ではないようだ。

「篁様。大原野神社に今、悩みを抱える龍神様がおられます。千三百年ほど眠っておられた方なのです。来ていただけますでしょうか」

「助手に報告をしたらすぐにでも」

篁は井戸の形に切り取られた朝の空を見上げた。

「時子様！」

「どうしたの？」

涼やかな愛らしい声が降りてきた。

「大原野神社へ行ってきます。距離があるので、もしかすると開館の時刻に間に合わないかもしれません」

「任せて。行ってらっしゃい」

夜明けの薄雲のように、時子の白い手がひらめいて消えた。

＊

京都御苑のそばに建つ梨木神社《なしのきじんじゃ》は、萩まつりのさなかである。

境内の各所に植えられた萩の花期に合わせて神事が行われ、生け花など数々の芸能が奉納される。

低く枝垂れる萩の樹形は、境内の見通しを妨げない。薄緑の枝は短ければ龍のごとく宙に伸び、長ければ滝のように流れ落ちる。小さな花は白や赤紫の蝶《ちょう》に似て、可憐に開いては石畳にこぼれ落ちる。

今は夜明け前なので、虫の音が静かな境内に響いて心地《ここち》好《よ》い。

——井戸に棲む龍として、わしは幸せな部類ではあるまいか。

染井《そめい》の龍神はそう思う。自分が棲む染井の井戸は、京の三名水の一つだ。しかも、平安時代から今まで涸《か》れずに水が湧いているのはここだけである。明治時代に梨木神社ができたとき境内に取りこまれたので、周囲はいつも丹念に整備されている。素晴らしい環境だ。

しかし、悩みはある。百五十年ほど前から、染井の龍神を見ることのできる人間が減ってしまったのだ。白い体に虹色の光をまとって飛べば、真珠のようだと褒められた日々が懐かしい。

さびしやのう、とつぶやいた。梨木神社の土地神とは共有できないさびしさだ。

梨木神社の土地神は同じ境内に棲む仲間で、公家《くげ》の青年の姿をしている。しかし人間であったことは一度もない。

――土地神どのは姿こそ人間だが、祭神となった三条《さんじよう》家のお二方とはまったく似ておらんのう。

梨木神社で祭神として祀られている人間は、幕末から明治にかけて生きた二人の貴族だ。雅を重んじつつ激動の時代を生きた親子である。

――まず明治時代に三条實萬《さねつむ》公を祭神としてこの神社が創建され、大正時代に息子である實美《さねとみ》公も祭神となった……人々からの尊敬が続いておるわけだ。

二人への尊敬の念と、梨木神社の土地の気から生まれたのが、梨木神社に棲む神だ。

言わば、祭神ではなく土地神である。若い土地神は人間と接する喜びを知らないかわりに、人間から認識されないさびしさも知らない。

どちらかと言えば、土地神は幸せそうだ。近年になって境内にできた「かふぇ」とやらに、人が集まるのが嬉しいのだ。たとえ、話しかけた全員に素通りされても。

――悩む姿を見せて、土地神どのに気遣いをさせてはなるまいよ。それに……。
染井の龍神は、庭石に長い身体《からだ》を横たえた。
――恥ずかしゅうて、言えぬわ。千年を超えて生きる龍が、さびしいなどと。

奥山の　鹿は知らねど　萩の花
降れば我が身の　鱗《うろこ》とぞ思う

猿丸大夫を踏まえて作った和歌を朗誦《ろうしょう》した。山に棲む者ではないが、秋の寂寥感《せきりょうかん》はよく分かる。だから染井の龍神は、この歌をときおり口ずさんで心を慰めるのだった。

＊

石造りの内壁が光を発するので、地下通路はほのかに明るい。冥官たちによって作られた地下通路は、地上と違って大原野神社までさほど時間はかからない。
「篁様。冥官になられてから、大原野神社に参拝されたことはございますか？」

「たびたび参拝しましたよ。亡くなった人の魂相手の仕事ですので、そちらの神様にはお目にかかりませんでしたが……。ああ、そうそう」

縁無し眼鏡にかかった、長めの前髪をつまむ。

「この髪型で図書館長になってからは、今回が初めてです」

「なるほど。それ以前はいかがですか？」

「前に参拝したのは、江戸時代でした。髷《まげ》を結って貸本屋をしていましたよ。眼鏡はまだあまり普及していなかったですね」

地下通路を歩みつつ、白い牡鹿はうなずく。

「到着する前に念のためご説明しておきましょう。ご存じの通り、大原野神社は春日社から神を呼び寄せた——勧請した神社です。しかし、大原野神社の神は、奈良の春日社の神とは別の姿、別のお心を持っておられます」

「人間で言えば別人格というわけですね。知っていますよ」

「ならば良かった。神を勧請すると言っても、元の神社と新しい神社で神が分裂するわけではないのです。人間たちが好む、忍者の術とは違います」

「分身の術のことですか？」

「さようでございます。神社によって土地の様子も来歴も違うのですから、そこにお生まれになる神の御姿も千差万別。時代に従って御姿が変わることすらございます」

「なるほど」

大原野神社の神がどんな姿なのか、興味深い。

「ところで、本題でございます。大原野神社には井戸がございまして」

「由緒ある井戸ですね。名は瀬和井《せがい》の井戸《いど》」

清和天皇の産湯《うぶゆ》に使われ、著名な歌人たちが和歌を捧げてきた井戸だ。

「さようでございます。昨夜その井戸に、龍神様を封じた珠が浮かんだのです」

「封じられた状態で？　心配ですね」

「わたくしどもも心配したのですが、自ら作り上げた珠だとおっしゃいました」

牡鹿は意味ありげに足を止めた。篁も立ち止まる。

「ご本人——瀬和井の龍神様いわく、大原野神社が建つ前から井戸を守っておられたそうなのです。大原野神社の神も、われら御使いも驚きました」

「同じ境内に棲みながらも、昨夜初めて出会ったのですね」

「何でも、大原野神社が創建されると知った龍神どのは、眠ると決めたそうです」

「眠る、とおっしゃいますと？」

「自分が棲む瀬和井の井戸は、長岡京《ながおかきよう》の守護神として創建される大原野神社の敷地に取りこまれる。ならば、新たな神に敬意を払い、自分は井戸の奥深くで眠り、出しゃばらずにいよう——と決めたそうなのです」

「奥ゆかしいですね。控えめなお方だ」

「古い神と新しい神の争いを案じられたのです。神代の昔にはそのような事態もあったと聞き及んでおります」

篁が生まれる前、しかも大和朝廷が生まれるよりも昔の話ではあるまいか。

宇宙の深淵《しんえん》を覗いたような気持ちになる。

「争いを嫌う龍神様が、なぜ浮かび上がっておいでになったんですか？」

「そこでございます」

牡鹿が歩きだした。急がねばならないのだと、思い出したかのように。

「瀬和井の龍神様がおっしゃるには、平安京のどこかで嘆き悲しんでいる、別の龍神様がおられるのだそうです。それで千三百年を超える眠りから覚めたのですよ」

「かなり距離が離れていますが、龍神同士で通じ合うものがあるのでしょうね」

「そのような例があるのですか？　篁様」

「龍神の事情に詳しいわけではありませんよ。ある種のキノコや樹木は、遠く離れた同士で情報を伝え合うそうです。鳥などの捕食者がいるだとか、山火事だとか」

「ほう。言われてみれば、大原野神社の木々も何やら伝え合う場合があるようです。単なる御使いたる自分には、詳しくは感じ取れませぬが」

足下が明るくなってきた。

竹の葉のざわめく音が聞こえる。大原野神社が近いようだ。

「瀬和井の龍神様は、嘆き悲しむ平安京の龍神様を見つけて助けたいとおっしゃいます。そこで大原野神社の神は、篁様に頼ろうと決めたのです」

「ご指名ありがとうございます」

「実は前々から、安倍晴明様が大原野神社に通っておられまして。その際に地下通路の使い方も教わりました」

「やはり、そうでしたか……」

「晴明様いわく、篁様が新たなる使命を担われたので、何か困った事態があれば頼るようにと。それに、晴明様の冥府での用事が長引く場合もあるから、とおっしゃっていました」

「何かと忙しい人ですから」

篁は、今の晴明が負う使命を知っている。この現世で「堀川晴明」として歳《とし》を取っていくかわりに、年に百日の間、冥府で働かねばならない。

──お忙しくなさって。ある意味、現世への愛ですかね。

「しばし坂道になります。足下にお気を付けください、篁様」

足下が石畳から土になり、また石畳になった。水の匂いに顔を上げれば、数えきれないほどの睡蓮《すいれん》の葉が池に広がっていた。

「鯉沢《こいさわ》の池でございます。奈良の猿沢《さるさわ》の池を模した池でして、ご覧の通り睡蓮がまだぽつぽつと咲いております」

本来は白であろう睡蓮が、早朝の光を受けてほのかな青に染まっている。水面には曙《あけぼの》の空が映り、見ていると引きこまれそうだ。

「わが牡鹿よ。その方が篁様かえ」

女性の声が牡鹿を呼んだ。池に掛かった赤い橋に、平安時代の宮廷を思わせる女性が立っている。俗に言う十二単《じゅうにひとえ》だ。あれが大原野神社の神だろうか。

──どこかで見た顔立ちだ。

篁が目を凝らした直後、十二単の女性が跳躍した。裳《も》や打ち掛けを両手でがっしとつかみ、スカートをたくし上げた現代女性のような体勢で。

「ようこそおいでくださった！　あなた様が、紫式部《むらさきしきぶ》の惚《ほ》れたお人かえ！」

目の前に着地した女性は、朗らかな笑顔で篁を歓迎した。

十二単でその跳躍ぶりは可能なのか。

眠りから覚めた悩める龍神はどこにいるのか。

平安時代を代表する文筆家にして『源氏物語《げんじものがたり》』の作者、紫式部の名前が出てくるのはなぜなのか。

紫式部が自分に惚れたとは初耳だが、どこで聞いたのか。

数々の疑問が脳裏を駆けていったが、篁はひとまず一礼した。

「平安京の悩める龍神を探していると聞いて馳せ参じました」

「篁どの。はるばるお越しいただき、ありがたく思う。こちらのことは、大原野神社の愛称にちなんで『京春日』と呼んでくれ」

大原野神社の神──京春日は、十二単の袖から水晶に似た珠を取り出した。内部に白い霞《かすみ》が流れている。山肌に這《は》う朝霧を篁は連想した。

「瀬和井の龍神どのは、霞をまとってゆっくりと動かれるのだ。ご覧なされ」

霧のように、珠の中で何かが動く。曲線を描いてうねる胴体、鹿に似た角。小蛇ほどの白い龍が珠に棲んでいた。

「小野篁どのか。まだお若いように見受けられる」

世話好きな老人を思わせる声で、瀬和井の龍神は話しかけてきた。

「冥官として現世で活動するため、若い頃の姿に調整してあります。人として生を受けたのは、平安京が置かれてから数年後です」

「平安京か。長岡京の次に置かれた都だと、京春日どのから聞いた。おまけに現在の国の中枢は、ずっと東にあるそうな」

東京のことだろう。明治維新についての説明となると、時間がかかりそうだ。

「色々あったのですよ、この島国も。一言では表せぬほど」

「人間たちの苦労は察する」

珠の中で瀬和井の龍神は重々しくうなずいた。

「さっそくであるが、篁どの。われを平安京へ連れていってもらえぬか。われと同じ井戸龍神が嘆き悲しんでおる」

「声を感じ取られたのですね」

「同じ種族ゆえ、感じ取れた。かつてはこの地にも多くの井戸があり、それを守る井戸龍神がおったものよ」

遠い昔を思ってか、瀬和井の龍神は目を閉じた。

「この度われが目を覚ましたのは、北東の方角から嘆く声が何度も聞こえたからだ。その井戸龍神は『さびしやのう、さびしやのう』とつぶやいておった。和歌も詠んでおったよ。『奥山に鳴く鹿は知らないが、萩の花が散れば自分の鱗のようだ』と」

「承りました。ともに、雅な龍神様を探しにゆきましょう」

さびしさで鱗が剝がれ落ちそうだ、と詠う龍神を早く救ってやりたい。

苦難に遭っても風雅の心を忘れない者に対して、篁はひそかに仲間意識を持っているのだった。

「ところで、京春日様。紫式部についていておっしゃっていましたが……」

「あの子は物語に、この地を書いてくれたのでな。わが姿も影響を受けておる」

「惚れこんだ、というのは失礼ですが誤解かと思います。彼女が亡くなって、閻魔庁で審判を受けたときにお見かけしただけです」

「そのことよ。あの子が閻魔様の裁きを受けるとき、地獄に落とすべきという意見が出た。そこで助け舟を出したのが篁どのだそうな」

「当然ですよ。地獄に落とす理由が理不尽でしたから」

紫式部は色欲を描いた『源氏物語』で人心を惑わせた。ゆえに地獄落ちがふさわしいのではないか。当時、閻魔庁を騒がせた提言である。

「あの時代は、物語が大勢に流布すること自体が珍しかった。だから冥府でも扱いが難しかったのでしょう。ですが、この国には和歌で恋を詠ってきた伝統がある。恋物語を書いたから有罪とは筋が通りません」

「よくぞ言うてくれた。あの子はきっと、篁どのに惚れこんだであろうよ」

「私は当然の仕事をしただけですから、惚れてもらえたとは思えません」

「そうかえ？　いずれにせよ、あの子を守ってくれてありがとう。ひょっとすると篁様のお裁きは、後の時代に恋物語を書いた者たちも救ったのかもしれぬよ」

当時の篁が出した意見は、現世の神にとっても重要な判例であるらしかった。

「のう、篁どの。京には、紫式部とあなた様の墓所が並んで建っておるそうな」

「ありますね。繁華街から少し離れた、紫野《むらさきの》という場所です」

「そなたに惚れこんだ紫式部が、生まれ変わってから前世の自分の墓所と篁様の墓所を並べて建てさせたのかと思うたのだが」

「ないですねえ。普通は、記憶をなくしてから現世に生まれ変わりますので」

「ややっ、そうであったか。ではなぜ、血縁でもないのに墓所が隣同士に？」

「閻魔庁での裁きの様子が現世に漏洩《ろうえい》して伝説となり、紫式部を慕う後世の人々が並べて建ててしまったようです」

「護衛のようなものかえ？　篁どのなら紫式部の墓所を守ってくれそうだ、と人間たちは考えたのであろうか」

「案外、そうかもしれません」

惚れこんだ云々《うんぬん》は京春日の思いこみらしく、篁は安心した。時子には聞かれたくない話である。

＊

からくさ図書館へと地下通路を歩きながら、篁はカーディガンの脇腹のポケットを気にしていた。瀬和井の龍神の棲む珠が、すっぽりと収まっているからだ。

「瀬和井の龍神様、窮屈じゃありませんか？　やはり両手でお運びしましょうか？」

「かまわぬよ、篁どの。珍品ゆえ、中に入って味わっておるのだ」

藍色のカーディガンを、瀬和井の龍神は珍品と呼んだ。

「うちのご先達がすみません、篁様」

白い牡鹿が言った。ご先達という呼び方に、瀬和井の龍神への敬意が感じられる。

「わたくしは心配です。ポケットの部分が伸びてしまいませんか？」

「量産品ですので、お気になさらず」

「篁どの。羊の毛であるのに、動物の匂いがせぬぞ？　色も夜空のようだ」

「加工してあるんですよ。洗って、染めて、紡いで毛糸にして」

毛糸自体が、瀬和井の龍には驚嘆すべき代物だろう。

「そもそも羊とは貴重な生物である。大陸から船で運ばれてきたと聞く」

奈良時代末期に眠りについた瀬和井の龍神にとって、羊とは中国大陸から日本の朝廷へ贈られた珍しい生き物なのだった。

「その羊の毛を、服などという傷みやすい用途に使うとは」

「時代がすっかり進んだのです。今や、遠い南の大陸で育った羊の肉が、庶民の口に入る時代ですよ」

「遠い南の大陸？」

「オーストラリア大陸といいます。どのくらい遠いかと言うと、今あちらは春です」

「恐ろしく変化の早い世になっておる。われの感じ取った井戸龍神の嘆きも、世の流れの速さに関係しておるかもしれぬ」

「大いにあり得ますね」

篁は、シャツのポケットから手鏡を出した。名刺のような形と大きさで、裏側は銀色の金属に竹林が彫られている。

「今から私の術をご覧に入れます。別館の建設にあたって習得したものです」

「何が起こるのですかな」

白い牡鹿が手鏡に顔を近づける。黒い鼻先が映った。

「まだ、ただの鏡ですよ。私が歌を詠むまでは」

手鏡を持ったまま、篁は詠唱を始めた。

萩の花　咲く庭にては　井戸に棲む
龍の息吹も　たおやかならん

萩の花は、清少納《せいしょうな》言《ごん》の随筆『枕草子《まくらのそうし》』で「たをやか」と表現された。萩の咲く庭では、井戸に棲む龍の息も「たをやか」だろう――という歌だ。萩に龍の組み合わせは和歌の伝統からは外れるが、冥官の術を行使するための歌なので仕方がない。

白い牡鹿がピュイッと鋭く鳴いた。

「篁様、その景色は？」

手鏡に映るのは緑のしなやかな枝と、雪のような白萩《しろはぎ》であった。

篁が手を動かすと、今度は赤紫の萩が見えた。

「いずこの庭だ？」

「京都御苑の東、梨木神社ですね。今は萩まつりの時期です」

「なぜ鏡に景色が映るのですか、篁様？」

「閻魔大王が裁きを行うのに用いる、浄玻璃《じょうはり》の鏡だからです。小さいのを冥府の工房で作ってもらいました」

「恐ろしく貴重なものですな」

「一応、閻魔庁第十八位の冥官なので特別に……というのもありますが、本家本元の浄玻璃の鏡と違って制限があるんですよ」

手鏡を動かし、梨木神社の境内を探索しながら話を続ける。

「一つ、私以外の者には使えない。二つ、京都の大地に生える特定の植物の周囲しか映せない。今回の場合は萩ですね。三つ、その植物に関わる和歌を私が作り、声に出して詠唱せねばならない」

「篁様の御作でしたか」

「技巧は後回しの、拙い歌です。言い訳がましいですが『井戸に棲む龍』のように今起きている問題も詠みこまねばならないので。お恥ずかしい限りです」

「いえいえ、拙いなど……」

慰めてくれる牡鹿の口の動きが止まった。

篁も手の動きを止める。

枝垂れる白萩の陰に、白い龍が横たわっている。

瀬和井の龍神の白さが雲や霞ならば、この龍の色はさながら真珠だ。虹色の光をぼんやりとまとっている。

「何と、いたわしい。嘆いておったのはこの龍に違いない」

珠の中でゆらりと動きながら、瀬和井の龍神が同情する。

「髭がくったりとして、生気が失《う》せておる。早う行って元気づけてやりたい」

「図書館へ急ぎましょう。閲覧室か応接室でご相談を」

「我が背っ！　我が背ーっ」

篁の話をさえぎったのは、女性の声であった。私の夫、もしくは私の愛しい男を意味する古い言葉を叫びながら、白い鹿が駆けてくる。角がないので雌だろうか。

「吾妹子《わぎもこ》！　吾妹子ではないか！」

我が妻、もしくは私の愛しい女を意味する古い言葉で牡鹿が応じた。

「我が背よ、戻ってきてください。今日は結婚式の前撮りが多いのです」

大原野神社は結婚式場としても有名だ。

神社に似合う和装の新郎新婦が、今日は何組も写真撮影に来るらしい。

「お話の最中にお騒がせして申し訳ありません、篁様。人が多く来るときは、事故が起きぬよう見守ることにしておるのです。我が連れ合いとともに」

牡鹿が詫びて説明する間に、雌鹿が近くまで寄ってきた。

「あっ、あなた様が篁様ですわね。我が背がお世話になっております。大原野神社の狛鹿《こましか》の片割れでございます」

「お連れ合いをお借りしてすみません。また今度参拝に参ります」

大原野神社には、石造りの狛犬ならぬ狛鹿が置かれている。鹿を御使いとする春日社を勧請したためだ。その狛鹿が御使いとなったわけだ。

「お待ちしておりますね、篁様。瀬和井の龍神様、ではまた後で！」

短い尻尾を立てて雌鹿が駆ける。牡鹿も「では！」とついていく。

「おしどり夫婦ですね。鹿ですが」

「仲が良いのはめでたきこと。ところで篁どの。図書館へ行くと聞いたが、地下から地上へ上がる階段が見当たらぬ」

「ご心配なく。井戸には晴明様の式神が常駐していますので、井戸のつるべのように上がったり下がったりできます」

現代風に言えばエレベーターだ。

「式神によるからくりとは、新しい。感心したぞ」

篁が平安時代から見知っている仕組みも、瀬和井の龍神には斬新なのだった。

*

人間を祀る神社に、その人間の魂はない。

たとえば、陰陽師の安倍晴明を祀る神社に安倍晴明の魂はない。境内にあるのは、祀られた人間にまつわる縁と、清浄な気だ。

梨木神社の祭神は幕末から明治にかけての公家二人だが、境内に二人の魂はない。

梨木神社の土地神が公家の姿をしているのは祀られた貴族たちの影響らしい。平安京の頃から井戸を守ってきた染井の龍神にとっては、まだ年若い神である。

ゆえに、物の好みが今風だ。

「奥の深い香りやなあ。僕、コーヒーの香り好きですわ。飲めまへんけど」

幕末に広まった「僕」という一人称を、梨木神社の土地神は用いる。染井の龍神にしてみれば、新しい時代を象徴するような言葉だ。

「神仏が喜ぶのは、沈香《じんこう》や白檀《びゃくだん》のような香じゃ。変わった好みよのう」

「どっちにしても、ええ香りですやろ？　千年くらい前にコーヒーが京に輸入されていたら、寺や神社で神仏への捧げ物になってたかもしれまへんえ？」

「良い香りなのは認めるが、お主の想像は突飛じゃな」

「僕は現代っ子やから。京都千二百年の伝統から、ちょびっと自由なんです」

明治時代に生まれて「現代っ子」は言いすぎだが、ひとまず聞き流しておく。

梨木神社の土地神は、参道の左側に設けられたカフェの和風庭園に立ち、縁側やベンチに座る客たちをのんびりと眺めている。古式ゆかしい公家の姿で交じっている彼を怪しむ者は誰もいない。見える人間がいないのだ。

「先輩。庭石で寝るのもええ加減にして、カフェに入ってみまひょか？」

梨木神社の土地神が、開いた扇でひらひらと招いた。

この若い神は、染井の龍神を「先輩」と呼ぶ。梨木神社ができる前からこの地で染井の井戸を守ってきたから、というのが理由である。

「嫌じゃ。得体の知れぬ機械を黒装束の者たちが操っておるのを、暖簾《のれん》の隙間から見たぞ。怪しいではないか」

「黒装束は店で働く者の衣装。機械はコーヒーを作るためで、怪しいことおへん」

土地神は、縁側に一つだけ空いていた座布団に腰を下ろした。

「先輩、なかなか慣れはらへんなあ」

「慣れたいと思わんのじゃ」

「人間さんらは、染井の水を好いてくれてはるんですよ。染井の水がおいしいから、境内でみんなに休んでもらおうと趣向を凝らさはったんです」

趣向は確かに凝らされている。

まず、カフェの建物はただの和風建築ではない。京都御所から移築された春興殿《しゅんこうでん》だ。帝の持ち物を梨木神社が貰《もら》い受《う》けたと言えるだろう。玄関には大きな生成り色の暖簾を掛け、縁側に座布団、庭に長椅子を並べて客席としてある。縁側と長椅子が庭を挟んで向かい合い、見知らぬ同士がともに楽しんでいるような風情が面白い。

「水の恵みが喜ばれておる。それは嬉しい」

染井の龍神は正直に思うところを述べた。

「しかし、どうにも落ち着かんのじゃ。神社の境内に『かふぇ』ができるとは」

「今は和洋折衷が面白いんちゃいます？」

あくまでも楽しんでいる風に土地神は言う。彼にとって人間は観察の対象であり、交流の相手ではないのだ。

「そやけど先輩。最近は落ち着かへんと言うより、哀しそうに見えますわ」

「何のことじゃ」

「とぼけたら、あきまへん。百何十年も一緒にいた僕の目はごまかせまへんえ。言うてみたら、僕は年輪を重ねた後輩。こう見えて、先輩の強火《つよび》のファンですわ」

年若い神の使う言葉はときどき分かりにくいが、敬意を向けてくれるのは理解できた。だから染井の龍神は、素直に内心を吐露することにする。

「哀しいな。この境内が賑わえば賑わうほど、わしに気づかず通り過ぎる人間が増える。そのことが哀しい」

「ああ。ずうっと昔は、僕らの姿を見られるお人が多かったらしいですなぁ。近くを通る神狐さんも言うてはりました」

「お主は顔が広いのじゃな。境内におるというのに」

「コミュ力があるんです。ほんなら先輩、ときどきお独りで詠んでおられる和歌は、人間さんらに見てもらえへん哀しみをこめてはったんですね」

　奥山の　鹿は知らねど　萩の花
　降れば我が身の　鱗とぞ思う

土地神が一言一句たがえずに暗唱してみせたので、染井の龍神は面映ゆかった。

「お主が眠っておる時間に小さい声で詠んでおったのだが……」

「このごろ早起きしてますのや。人間さんらが『朝活』言うて早朝の散策やら勉学やらしてるらしゅうて」

「おぬしは人間が好きじゃの」

「猛々《たけだけ》しい戦もするゆえ、好きと言いきれまへんけど。ただ、平和に過ごしてはる人間さんは好きです」

そうだった、と染井の龍神は思い出した。梨木神社ができて百年も経たない頃、空から火が落ちてきた。「空襲」と人間たちが呼ぶ出来事だ。

「すまなんだ。なぜそんなにお主がはしゃいでいるのか、分かっておらなんだ」

「気にせんといてください。僕も戦の話はしてこぉへんかったし」

開いた扇をひらひらと動かして、土地神は笑った。

「昨今の境内の雰囲気が、僕は好きです。人間さんらが来て、萩が咲いて……」

青楓《あおかえで》に小鳥が止まる。コーヒーと季節の和菓子を盆にのせて店員が歩く。客が「今年の萩もきれいやな」と言い、店員が「本当ですね」と応じる。

人々に愛され、好まれている場所だ。

だが、その場所に加われない自分を、どう捉えれば良いのだろう。

「染井まで散歩しましょ。こうも混んでくると、どこにも座れへん」

ちょうど新たな客が一人、参道からカフェへ近づいてきたところであった。

「どうぞ、先輩」

土地神が袖を差しだした。

「人を避けながら飛ぶの、じゃまくさいですやろ。僕の肩、使うてください」

「かたじけない」

参道は花の道だ。

石畳の両側で白や赤紫の花が咲き乱れ、新たな蕾《つぼみ》をふくらませている。

人々はたびたび立ち止まっては萩の写真を撮り、時には青楓の枝に止まったメジロを撮ろうとする。一輪だけなら指先ほどの小さな萩が、美しい景観の中に集って咲けば華やかこの上ない。

萩の枝には短冊がかかって、さらなる興趣を添えている。萩まつりのために人々から献じられた和歌や俳句だ。

「毎年この時期は、人気者になった気分ですわぁ」

「実際に人気者じゃろう。『萩の宮』どの」

梨木神社の別名で呼んでやると、土地神の足取りが弾んだ。肩に載る染井の龍神は危うく体勢を崩しかけた。

「雅やけど、けったいなことです。『梨木神社』なのに『萩の宮』とは」

「祀られたのが三条家の人間で、三条嫡流の家の所在地が『梨木』じゃった。ゆえに『梨木神社』と名づけられた……という話じゃったな」

「はい。人間さんらが慕う梨木神社の御祭神は、三条家のお二人です。三条實萬公と、三条實美公ですね。なのに居座ってるのは僕で、なんや申し訳ない。この人気を三条家のお二人に見せてあげたいもんです」

「仕方あるまいよ。人間を祀る神社に、祀られた人間の魂は存在しない。祀られた人間の『縁』のみが存在する。見よ」

二人の若い男女が、枝垂れる萩の前で寄り添っていた。風に揺れる短冊を手に取っては、書かれた俳句や和歌を読んでいる。

「お熱いなあ。先輩、羨ましいんとちゃいますか？」

「そういうことではない」

染井の龍神は、しっぽの部分で土地神の背をたたいた。

「教養深き三条家の徳を慕って詩歌《しいか》が集まり、集まった詩歌が萩を飾り、詩歌を好む者たちがそれを愛でる。これこそ、三条家の人々の生んだ縁であるぞ」

「あなや。おっしゃる通り」

「三条家を称《たた》える場がここにある。申し訳なく思う必要はない」

「さすが先輩や。水の神様だけに、心に潤いをもたらしてくれはる」

冗談めかして土地神は言い、左へ足を向けた。注連縄《しめなわ》をかけた巨樹がよく目立つ。その近くに、格別目立つ装飾もなく手水舎《ちょうずや》と染井の水がある。

染井の水には行列ができていた。

銀色の蛇口から注がれる水をポリタンクに汲もうと、地元民らしき人々が並んでいる。社務所で頒布される専用のペットボトルを持ってきた者もいる。

「人間さんらは、うまいこと考えてはる。あの小さな器は二百円で貰えるそうです。頑張って自前の大きな容器で汲んでいく場合は、五百円とお得です」

「金勘定が好きだな、お主」

「否定はしまへんけど、今は先輩がしょんぼりしてはるのが気になりますね」

「ここは良い場所だ。空気が清い。しかし人間たちに姿を認められぬ我は、仲間はずれになっている。そういう気がするのだ」

染井の龍神は、わだかまっていたさびしさを解きほぐして言葉にした。

しかし土地神が黙って行列を見ているので、心配になった。頭の固い年寄りだと思われただろうか。

「気づかへんかった。先輩から見ると、そうなんや」

土地神は、染井の水に並ぶ者たちの顔を一人一人覗きこんでいる。とんでもない近さだが、反応する者はいない。

「し、仕方なかろう。昔は、我の姿を視認できる者がちょくちょくおったのだ」

「昔とは、いつ頃までです？」

「帝のおわす御所に、槍《やり》や鉄砲を抱えた者たちが行き来するようになってからだ」

「鉄砲を持った者が御所に？　梨木神社ができたのは明治十八年やから僕は見たことあれへんけど、明治のご一新の前やろか。戊辰戦争《ぼしんせんそう》とかいう」

「よく知っておるな」

「観光ガイドの人が言うてはりました。とにかく、僕は物心ついた頃から、自分や先輩が人間たちに視認されないのが当たり前やったんです。状況が整理できました」

土地神は、ポリタンクを抱えて行列に並んでいる男性の大きな腕時計を見た。

「そろそろ萩まつりの神事が始まりますえ。踊りや弓の奉納、一緒に見ましょ。先輩の『人間に視認されたい問題』は後で考えますから」

「軽く一言にまとめよったな」

「僕、効率も考えるんですよ。これぞ、新しい土地神のアドバンテージや」

「口の減らぬことじゃ」

　話してみれば案外、馬鹿にされないものだ。しかし、人間に姿を認められたいという欲求は、果たして満たされるのだろうか。

　龍神の姿を見るほどの霊力――あるいは霊的素質を持つ者が、今の世の中に増えなければどうしようもない。

　一抹の不安にかられ、染井の龍神は土地神の肩でため息をついた。拝殿の方向から、弓を抱えた直衣姿《のうしすがた》の男たちが歩いてくるのが見えた。

＊

　からくさ図書館の閲覧室で、篁と時子は手鏡を見ていた。珠の中の龍も、サイドテーブルに置かれた布の上で手鏡に見入っている。

「今日は弓の奉納がある日なんですね」

「肩に載ってる染井の龍神様、確かにお髭がぐったりしてるわね」

「鏡から音が聞こえるのは何ゆえだ？　あの話し声、龍や土地神の声であろう？」

瀬和井の龍神は、手鏡に映る萩の茂みを探るかのように首を上下させた。

「手助けしてくれる萩の勢いが、今は真っ盛りだからです。萩の花期が終わって枝が刈られたら、ここまで明瞭に聞こえはしません」

「植物の力を借りているから、映る景色や聞こえる音声も植物の勢いに影響を受けるわけね」

時子が簡潔にまとめ、ソファに深く腰を下ろした。

「でも、さっき篁から聞くまで知らなかった。そんな便利な手鏡を持ってるなんて。しかも浄玻璃の鏡と同じ物ですって？」

微笑んでいるのは口元だけで、時子の目は笑っていない。なぜ黙っていたの、という無言の批難を篁は感じた。

——後が大変だぞ、これは。

「便利な手鏡ではありますが、染井の龍神様の悩みを解決するにはまだ諸々《もろもろ》考えねばなりませんね」

「人間たちに姿を見られたいという話であったな」

瀬和井の龍神がうまく話を続けてくれた。

「人間に化けるのはどうです？　龍の姿を見せることはできませんが、梨木神社に参拝する人々に入り交じることはできるので、仲間外れの感覚は解消されるのではないでしょうか」

篁の提案に、瀬和井の龍神は「難しい」と答えた。

「井戸を守る我ら井戸龍神には縁遠い営みじゃよ。人間に化けるというのは」

「管轄が違うわけですね」

「人に変化する龍もおるが、それらは井戸のみならず周囲の土地も守るような存在であろうな」

「不勉強でした」

――こういうとき、晴明様ならば頼ってきた相手を手間取らせないだろうな。

自分の知識不足を篁はひそかに恥じた。

しかし手鏡のおかげで、手掛かりはできた。

染井の龍神は孤独ではない。

梨木神社の土地神が「先輩」と呼び、ともに境内を見守っている。

そのことが解決に寄与してくれると、篁は確信した。

＊

萩まつりは九月の第三週か第四週の土日に行われるのが通例だが、今年は祝日の関係で三日間続くらしい。

二日目の午後になった時点で、染井の龍神は目を回していた。

龍を頭に戴いた蘭陵王《らんりようおう》が舞う舞楽、面を着けずに二人組が滑稽なやり取りを見せる上方狂言、生け花、居合いなど、この国に伝わってきた技芸が百花繚乱《ひゃっかりようらん》とばかりに能舞台で繰り広げられたのだ。

面白いとも見事とも思うが、自分の住処が連日会場となるのだから、騒がしくてくたびれてしまう。

「明日が思いやられる」

土地神の肩の上で、染井の龍神はぼやいた。能舞台では、幼い少女が大人の弾く三味線に合わせて舞いを終えたところであった。

「例年より一日多く祭りが見られるのは、得なのか損なのか分からぬわ」

「まあ、まあ」

観客と一緒になって演者に拍手しながら、梨木神社の土地神は上機嫌だ。

「僕だけでなく染井への敬意も、人間たちから感じませんか？　京都三名水と呼ばれる湧き水のうち、現代まで残っているのは染井の水だけなのだから」

「立地が味方したまでよ。他の二つも京の誇るべき名水であった」

「失礼しました。不見識でしたね」

素直に土地神は詫びた。

「お二方、少しお時間よろしいでしょうか」

聞き覚えのない青年の声であった。土地神が境内に首を巡らせる。巨樹の枝の陰に、前髪の長い青年の顔が見えた。縁無し眼鏡をかけて、白いシャツを身に着けている。

「先輩、あやかしが侵入してますえ。お祓《はら》いを頼みましょ」

「お主自身が土地神だろうに。誰にお祓いを頼むのだ、いったい」

あやかし呼ばわりされた青年は、人好きのする笑顔を見せた。

「息の合ったコントをありがとうございます。あっ、コントとは先ほど演じていた上方狂言のような芸です」

「何者じゃ？」

非常事態ゆえ「先輩」たる自分が土地神を守ってやらねばならない。疲れた身体に鞭打《むちう》って、染井の龍神は首をもたげて威嚇してみせた。

「神社の敷地に勝手にお邪魔して申し訳ありません。染井の龍神様が嘆き悲しんでいるのでお助けしたい、と依頼を受けた者です。こちらの方から」

青年は水晶玉らしき物を差しだした。純白の何かが内部でゆらめいている。自分と同じ井戸龍神だ。

「わしの仲間じゃ。分かるぞ、井戸を守ってきた龍じゃ！」

「先輩、肩の上で暴れないでください」

身を躍らせずにはいられなかった。仲間だ。同じ役目を生きる龍だ。

「仲間って本当ですか、先輩。あの龍神様は珠に入っておられますよ？」

「うむ。どのような経緯で珠に入られたのか、ぜひともお聞きしたい」

「もう少し警戒しましょうよ、先輩。でも僕も聞きたいです」

珠の中の龍がぐるりと回転して、篁のほうを見上げた。

「同意を得たぞ、篁館長」

「ん？　篁館長って言わはった？」

土地神が青年のほうへ歩み寄る。

「篁館長と言えば、からくさ図書館の館長とちゃいますか？　街を往来する神狐たちから噂で聞きました。冥府を行き来する小野篁卿が今は図書館の館長にならはって、何やら人助けをしてはる、と」

「そんなところです」

篁館長は柔和な声で言った。

「わしも、篁卿が北白川《きたしらかわ》で図書館長になった噂なら聞いた。しかし後輩である土地神のほうが事情通らしい」

「おおきに、先輩。そしてこうも聞きました。京都を守る安倍晴明様が怠けると、実の父兄のごとく叱咤《しった》する恐ろしいお方や、と」

「知りませんね」

篁は優しげな表情を崩さず、もう一方の手を差しだした。

「しばしお時間を頂戴します。土地神様がおられない間の守護は噂の晴明様にお願いしてあります」

「わあ、恐れ多い話や。よろしゅう、おたの申します」

「おぬし、信用するのが早すぎんか？」

「僕、効率を求める現代っ子やし。先輩が辛気くさい顔してはったら哀しいし」

染井の龍神をがっしりと抱きかかえて、土地神が篁のもとへ跳ぶ。尺八の音が流れて次の演目が始まったと気づいたが、染井の龍神の視界は真っ暗になっていた。

＊

甘い小豆の匂いがして、染井の龍神の視界が開けた。

円形の井戸のそばに双葉葵が茂っている。どこかの庭のようだ。

白い爪でつかまっているのは、梨木神社の土地神の肩であった。

そして土地神の手を取っているのは、篁だった。

「お茶の準備ができていますよ。お二方」

篁が土地神の手を離し、庭の一角を示した。

藤棚の下に洋風の円卓と椅子があり、小豆餡《あん》の菓子と煎茶の器が並んでいる。

「遠いところを、ようこそ」

円卓の側には同じく洋風に装った少女がいて、こちらに向かって頭を下げた。栗色の長い髪が肩から胸元に落ちる。

「萩の季節だから、篁が萩模様の座布団を用意してくれたの。ちょっと変わった置き方だけど」

なるほど、四脚ある椅子のうち二脚には、座布団が何枚も積んである。

本式の使い方ではなさそうだが、わざわざ萩模様の座布団を揃《そろ》えた点に、染井の龍神は心を動かされた。

「先輩、お先にどうぞ」

梨木神社の土地神が座布団の上に降ろしてくれた。篁も、もう一方の座布団に龍が入った珠を置く。

「お嬢さんも、からくさ図書館の方ですか？」

椅子を引いて時子に勧めながら、梨木神社の土地神が尋ねる。

「ありがとう。あなたも椅子に座って」

土地神は、いそいそと時子の隣に座った。

対面からその表情を見て、染井の龍神は（格好つけておる）と思った。

「わたしは館長の助手。時子という名前だけれど、お客さんには『滋野《しげの》さん』と呼んでもらっているわ」

「滋野さん？　かの有名な滋野井に縁ある方ですか？」

土地神が挙げたのは、かつて清い水を湧かせていた井戸の名だ。場所は確か平安京のほぼ真ん中、滋野家の敷地だったたか。

時子は答えない。初対面でそこまでは話せない、という風情だ。

――初めて会ったおなごに、しつこくしてはいかんぞ。

染井の龍神がそう思ったとき、時子と土地神の間に何かが降ってきた。

巨大な蜘蛛《くも》かと思ったが、よく見れば黒い手袋であった。

「恐れ入りますが、従業員の身元についてはご放念ください」

唯一席に着いていなかった篁が、時子の背後を守るような位置へと歩いてきた。黒い手袋を取り、エプロンのポケットに収める。篁の物らしいが、いったいどこから出現させたのか。

「えろう、すんまへん」

土地神が詫び、時子が急須から茶器へと煎茶を注ぐ。その表情があまりに平静なので、染井の龍神は意外に思った。

――姫のごとく守られて、良い気分になるかと思ったが。

目の前にいるのは、ただの年若い少女ではないらしい。ゆめゆめ子ども扱いはするまいぞ、と染井の龍神は決心した。

「萩まつりの最中にお邪魔して恐れ入ります。実はお悩みの件で一つご提案があり、急いでお呼びした次第です」

「すみません、篁館長。『お悩みの件』とは」

土地神が聞くと、篁はシャツの胸ポケットから長方形の手鏡を取り出した。

「浄玻璃の鏡を持っていまして。閻魔大王とお揃いの」

篁が述べた説明に、染井の龍は茶を噴きだしかけた。

「ま、まさか。み、み、見ていたとおっしゃるか」

「聞いてもいはったようですえ、先輩。仮に僕たちが恋仲やったら、何を聞かれたか分かったもんやおへん。危ない、危ない」

「おかしな仮定をやめよ」

茶杯を卓上に置いてから、染井の龍は土地神の腕を素早くたたいた。

「染井の龍どのは恥ずかしがっておられるが、あの和歌が素晴らしかったゆえに、われの耳に届き、われは目を覚ましたのだ」

珠の中にいた龍は、しっぽ以外を外に出して茶を飲んでいる。透明な珠を身体の一端にくっつけたそのさまは、さながら孵化《ふか》直後のメダカの稚魚だ。

「あのう、聞きそびれてしもたんですけども、あなた様はどちらの龍神様ですか？」

梨木神社の土地神が尋ねてくれたので、助かった。聞きたかったことだ。

――どうもこのお方、わしより格上のようだからな。気後れしてしまうわ。

「おお、すまぬ。われの身の上を話しておらなんだ」

茶杯を手に、龍は言った。

篁の説明も交えてその正体を知ったとき、染井の龍神は座布団から落ちかけた。格上も格上、平安京の前の長岡京よりも古い龍ではないか。

「ははあ、遠くから助けに来てくれはったんですねえ。ありがたいです」

梨木神社の土地神は、まるでおじけづいていない。あまつさえ、席を立って珠に手をかざした。

「瀬和井の龍神様。このきれいな珠は、何からできてますのやろ？」

「われが溜《た》め続けた霊力だ。瀬和井の井戸も組みこんで大原野神社が創建されると知り、霊力で寝床を作った」

「へえ。こら、すごい。水晶そっくりな……」

「もともと水晶玉のごとく硬かったが、篁館長に助力を頼むと決めたらば、こうして出入りができるようになった」

「安心しはったからかなぁ。なんで眠ってしまわはったんです？」

「新しい神の邪魔をしては良うないでな」

「先輩。大原野神社の神様が『新しい』やて。ほな、僕は何ですやろ？」

「ひよっこじゃろ」

「ひどい。これでも明治生まれやのに」

すねた口調で梨木神社の土地神は言ったが、すぐに笑顔になった。

「そやけど、ほんま来てくれはって嬉しい。僕では先輩の力になれへんから」

自分の力不足を気負わず口にできるところがこの神の長所かもしれない。染井の龍は少しばかり微笑ましい気持ちになる。

「あのう、篁館長」

梨木神社の土地神は、やや遠慮がちに篁に話しかけた。先ほど注意されたので少々怖がっているようだ。

「先輩の『姿を人間に見てほしい問題』は、どうしたらええんでしょう？」

「一つ提案がありますので、閲覧室でお見せしましょう」

篁が歩きだすのに従って左へ視線を動かすと、煉瓦造の洋館が建っていた。いくつか並んだ大きな窓の間に木製の扉がある。

「先輩。あの建物、ありましたっけ？」

「見た覚えがない。そもそも、我らはあちらの方向を見たか？　梨木神社からここへ来てから」

もしや、視線を向ける方向を操られていたのでは——と、染井の龍神は震えた。

「案ずるな、お二方」

瀬和井の龍が珠の中に戻った。時子が両手で包むようにして持ち上げる。

「この篁どのは、迷う者を導く北辰《ほくしん》の力を持っておられる。四季を通じて動かぬ星の力を」

北辰とは北極星の異名だ。北の空にあって一年中動かないので、旅人の目印になる。

出会って間もないであろうに、瀬和井の龍神は篁に深い信頼を寄せているらしい。

「行こうか、土地神どの」

染井の龍神は、土地神の肩に顎を載せた。先輩である自分が付いている、と伝えたつもりだが、人から見れば甘えているように見えるかもしれない。

＊

梨木神社の土地神は、自分自身を役立たずだと思う。だから、建物に招かれて窓際のソファに染井の龍神を降ろした後も立ち尽くしていた。

篁館長は「お好きなところにお座りください」と言ってくれたが、自分をふがいなく思う気持ちで頭がいっぱいで、席を選ぶどころではない。

――僕は、先輩に何もしてあげられへん。

ソファの窓側には瀬和井の龍神が寝そべっている。尾の部分だけを珠に残して室内を見回しているのは、洋風の内装が珍しいからだろうか。

瀬和井の龍神の隣では、染井の龍が本を広げている。「気になる本は何ですか」と館長に聞かれて棚から選んだ本だ。

タイトルは『令和の梨木神社』なので、土地神も気になってしかたがない。

――今の僕とも関わる本やろ？　一緒に読みたいなぁ。

別に「読むな」と拒まれたわけではない。染井の龍は本を開くなりほとんど身動きもせず頁を繰りはじめたので、声をかけづらいのだ。

――館長さんの話やと、先輩の魂から生みだされた本らしいけど。

染井の井戸は梨木神社の敷地内にある。そして染井の龍神は、梨木神社を訪れる人々に姿を認知してもらえないのをさびしく思っている。だからタイトルが『令和の梨木神社』でもおかしくはない。

しかし、自分が本の中でどう書かれているのか気になる。

――土地神が頼りないって書いてあったらどないしよう。

悶々《もんもん》とする間に染井の龍神は頁をめくってゆく。館長は受付のデスクで何やら書き物をしており、助手の少女はそばに立って館長の手元を目で追っている。

——僕も何かしてないと、変やな？

図書館ですることと言えば、基本的に読書しかあるまい。

「館長さん。僕も読んでいいですか」

「もちろんです」

篁館長は嬉しそうに言った。助手の少女も「もちろん」とうなずく。

「おおきに」

しかし、どの本を選べばよいのだろう。並んでいるのは現代の本ばかりだ。

梨木神社の土地神として、和歌や茶道などの知識はもともと備わっている。だが、現代の出来事については不案内だと認めざるを得ない。

——あまり不案内な分野は、嫌やなあ。ちょっとでも僕に関係ある本、ないかな。

背の高い本棚をまるで見慣れぬ森の木々のように思いながら、梨木神社の土地神は閲覧室を歩き回った。

見慣れた文字が目に入り、立ち止まる。

桃色の背表紙に白い文字で『着物の基本』とあった。カフェの客が読んでいた手引き書にも「着物」という言葉が書かれていたのを思い出す。

――今では日本風の装いを着物とか和服とか言うんやんな。

ボタンだのネクタイだのが付いた洋風の服だって「着物」なので変な呼び方なのだが、現代人にも色々と都合があるらしい。

――これなら僕にも分かる。

背表紙の一番上に指を置いて引き出す。絹の反物に触れたような音がして、梨木神社の土地神はもうそれだけで気分が良くなった。

さっきよりも親しみを感じる本棚の森を抜け、染井の龍神がいるソファに一番近いテーブル席を選ぶと、『着物の基本』を開いた。

――うん、うん。現代の着物の本やな。

梨木神社ができた頃に比べて、現代の着物は模様も色も多彩だ。だから目がくらみそうになる。

現代の男たちは、袴を着けない「着流し」を気軽な装いとして楽しんでいるらしい。

ということは、たびたび来る観光客が「着流し」なのは、怠惰ゆえではないのだ。

梨木神社の土地神は安堵した。

――おお、華やかな着流しもあるやないか。

地の部分こそ紺や灰色など落ち着いた色ばかりだが、柄は派手な物もある。大きな楓の葉を散らしたり、真っ赤な獅子舞《ししまい》を躍らせたり、かなり大胆だ。

なかんずく、裾から肩へとまっすぐに昇り龍が染め抜かれた着流しが目を引いた。梨木神社の土地神が見たこともない意匠だ。

――ははぁ、昨今になって染めや織りの技が発展したのやな。

梨木神社では神職や茶道関係者などかしこまった着物姿ばかり見かけるので、珍しく思えた。たまに着流し姿の男性が来ても、たいてい無地や格子柄だ。

大きな柄をあしらった着流しには地味な帯を合わせるのが定石らしく、ええやん、と梨木神社の土地神は現代人の趣味を褒めた。

――人間さんらも、こういう柄の着流しで来はったらええよ。

きっと、格式ある梨木神社に遠慮して、派手な柄を避けているに違いない。これほど人間を可愛らしく思ったのは初めてであった。

「土地神どの。ここへ来てくれるか」

染井の龍神が呼んだ。『令和の梨木神社』をソファの上で開いたままだ。

「はぁい。読ませてくれはるんですか？」

「全部は無理じゃ」

「いきなり冷たいやないですか」

「冷たいのではない。わしの魂からできた本ゆえ、全部は無理じゃ」

染井の龍神は、プライバシーの侵害を心配しているようだ。

「どんな本か概略を教えてあげるのは、いいんじゃないかしら」

栗色の髪の少女が促す。

「タイトルが『令和の梨木神社』だもの」

「ほら、滋野さんもこう言うてはる」

「……元号が令和となってからの梨木神社の記録と、これから見られるかもしれぬ光景だ」

瀬和井の龍神も染井の龍神も窓側へずれてくれたので、梨木神社の土地神もソファの端に座ることができた。

「梨木神社の記録とは、人間たちが作るアルバムのようなものですか？」

「おおむね似ておる。そして、土地神どのに見ていただきたいのはこちらの絵だ」

見開き一杯に描かれているのは、黒を基調としたカフェの注文カウンターだ。

「あの暖簾の向こう側ですね、先輩」

染井の龍神が中に入るのを拒んだ、境内のカフェである。黒いカウンターの奥に同じ色の機械が置かれ、白と黒を基調とした制服の店員たちが機械を操作したり、カウンターの端に焼き菓子を並べたりしている。

「一つ、現実の梨木神社と違うところがあるのだ。分かるか？」

「すぐ分かりますえ、先輩。壁の絵ですやろ？」

簡単だ、と拍子抜けしながら一点を指差す。

横長の額縁に白い龍が描かれている。虹色の輝きに取り巻かれているので、染井の龍神だとすぐ分かる。

「先輩がカフェの絵になってはる。人間さんらに見てもらえますやん」

「察しが早いな」

「おおきに、ありがとうございます」

「あの店に入るのを渋っておったが、このように情景を見せられると、不覚にも良いと思ってしもうた」

「うまく馴染んではりますね。先輩の姿が、和洋折衷の和の部分を担当してはる。これが篁館長のご提案というわけやね」

「はい。お客様が注文をするときに必ず見る場所ですから」

「しかし、わしの姿を写した絵をどのような手段で壁に飾るか。お主に頼みたいのはそこなのだ」

「絵そのものは、冥府の工房に頼もうと思っています」

篁館長がさらりと言った。冥官のために工芸品を作る場所だろうか。

「問題はね、勝手に絵を飾ったらお店の人が驚いてしまうことよ」

「びっくりして、外してしまいますやろなぁ」

飾った覚えのない絵があれば、当然そうなる。

「土地神どのにお願いしたい。店の者たちがわしの絵姿に気づかぬよう、幻術をかけてほしいのだ」

「先輩。それはまあ、できますけども」

土地神は腕組みをして、上体が傾くほど思案した。どうも気乗りがしない。自分のような若輩が言うのは気が引けるが、仕方ない。

「せっかくのご依頼やけど、お店の人らにはちょっと申し訳ないです。せっかく店の内装だの制服だのを考えてはるのに、勝手にしつらえを変えてしまうのは」

「一理あるのう。どうだろう、篁どの」

土地神の予想と違い、篁館長は怒らなかった。困ったように眉を下げている。

「そこを指摘されると弱いですね。確かに、営業努力に水を差してしまいます」

篁館長は柔和な笑みを浮かべ、土地神の目を見た。

「土地神どの。至らぬこの身に、お知恵を貸していただけませんか？」

「た、篁館長を責めたいわけでは……。それに、知恵やなんて」

思いつきまへんと言いかけたとき、テーブルに置かれた本が視界に入った。先ほどまで読んでいた、華やかな着流しが載っていた本だ。

「篁館長。この本、借りてもよろしいやろか？」

「もちろんです。何かお考えがあるのですね」

篁の口調も表情も明るい。提案を待っていたかのように。

「別館の貸出記録第一号ね」

時子がいそいそと受付のデスクへ向かい、貸出簿を抱えてきた。

うまくやれば、格好をつけられるだろうか。

梨木神社の土地神は、時子が驚く顔をひそかに想像した。

＊

カフェの縁側で、時子が黒髪の少女と話している。同じ年頃に見える二人は、まだまだ盛りの萩の花を見ながら何を話しているのだろう。

——冥官と人間て、何話すんやろ。

梨木神社の土地神は、二人の少女の会話に聞き耳を立てた。人ならぬ神の身なので、小さな声でも聞き取れるのだ。

「時子さん」

黒髪の少女が、フレアスカートのひだを整えながら言う。

「ちょっと前、漆芸科の子に変なこと言っちゃったんです」

「なあに、変なことって？」

「その子は素敵なお椀《わん》を作ってたんです。黒漆塗りに虹色のアクリル絵の具で草花を描いてある……」

「うん、素敵ね」

「でも言っちゃったんです。『とうふみたいに白い食材を盛ったら映える』なんて」

「分からないのだけど、桃花さんの言ったこと、何か変かしら？」

時子が尋ねる。桃花と呼ばれた少女は言いにくそうにパーカーの紐をいじる。

「わたしも、その子に言われて初めて気づきました。『アクリル絵の具を使っているから、食べ物を盛るのには使えないの』って」

「ふふ。お椀と言えば食器だもの、仕方ないわ。お友だちも怒ってないでしょう？」

「はい、それからも一緒にご飯食べたり、画材屋さんへ行ったりしてます」

先ほど篁に聞いた話では、桃花は芸術大学の一回生で、日本画専攻らしい。篁たちと境内に入ってきたとき黙礼してくれたので、こちらの姿が見えるようだ。

「『仲良きことは美しきかな』ですね」

篁が小声で言った。別に見張っているわけではない。篁と自分がいる長椅子は庭を挟んで縁側と向かい合う位置なので、普通に座っていても二人の少女が目に入る。

「桃花さんは、晴明様の弟子です。後ほどあらためて紹介しますよ」

「人間の女の子が、陰陽師の弟子？」

「ああ見えて手ごわいですよ。ところで、どんな仕掛けをなさったんです？　例の件について」

例の件とは、染井の龍神が自分の姿を人間たちに見てほしがっている問題だ。

数日前、染井の龍神を描いた絵を店内に飾るという篁の提案に、土地神は異を唱えた。代わりに出した案を、篁たちは見に来たのだった。

「われも知りたい」

篁のかたわらに置かれた珠から声がした。内部で煙のごとくゆらりと動くのは、瀬和井の龍神だ。この数日間はからくさ図書館に滞在し、長岡京から平安京を経て現在に至るまでの歴史を教わっていたらしい。

「コーヒーが来たら分かりますえ」

「待ち遠しいことだ」

店員がコーヒーを盆に載せて運んできた。マグカップは外側が黒く、内側は象牙色だ。萩の花色も、コーヒーの色も映える。

「いただきます」

誰に言うともなく篁が言ったとき、マグカップから真珠色の龍がゆったりと身を伸ばした。湯気だ。湯気が染井の龍神と同じように、虹色の光を帯びている。

「虹が……」

口をつけるのをやめて、篁は温かくかぐわしいマグカップを見つめた。ほんの数秒の、幻のような龍の姿であった。

「お客さんも、ご覧にならはったんですか？」

隣の長椅子で片づけをしていた店員が、顔を上げて言った。三十前後の女性だ。

「はい、赤や青をうっすら帯びた、虹のような湯気でしたよ」

「たぶん、光の加減やと思うんです。全員やないけど、ときどきお客さんが言わはるんです。昇り龍みたいな、縁起のええ湯気が見えたって」

「梨木神社に染井の井戸があるから、井戸の龍神様かもしれませんね」

「ふふっ、あるかもです」

店員がカフェの中へ戻っていき、時子と桃花にもコーヒーを運んでいく。

二人の少女は、極上の笑みを見せた。虹色の龍が立ちのぼるマグカップを手に、うっとりと空へ視線を投げる。

「先輩、嬉《うれ》しゅうて嬉しゅうて、空中散歩してはりますわ」

染井の龍神が、梨木神社の上空を舞っている。増した輝きは本物の虹のようだ。

「素晴らしい術ですね。湯気が虹色の昇り龍になるとは」

「ほほほ、おおきに。図書館の着物の本にあった、昇り龍の意匠を参考にさせてもろたんです。立ちのぼる湯気に先輩の輝きを乗り移らせました」

新たにコーヒーを受け取った客が、虹色の湯気に目を見張る。

時子と桃花が、空に躍る染井の龍を見上げて肩を寄せ合う。

「大原野神社の京春日様に、良い報告ができますね」

篁が呼びかけると、傍らの珠が砕けた。

するすると空に昇った瀬和井の龍神が、染井の龍神に並ぶ。

虹色の光をまとった真珠色の龍と純白の龍がたわむれるように交錯し、離れ、追いかけあう。

「砕けてしもたなぁ。あんなに硬かったのに」

梨木神社の土地神は、珠の置かれていた座布団を触ってみた。水晶の硬さを感じさせたあの珠は、影も形も感触も残っていない。

「瀬和井の龍神様が入ってはったのは、何やったんやろ？」

「心の殻かもしれませんね」

篁が、すべて分かっているような表情で言った。

「新しい神に座を譲って眠るなんて、謙虚すぎるというものです」

瀬和井の龍神の選択を難じるような物言いであったが、縁無し眼鏡の奥の目は優しく笑っていた。

第三話・了

第四話　傘持童子は祇園を歩む

からくさ図書館の庭に咲く薄紅のサルスベリが、とうとう九割がた散った。

この時期になると、庭で最も存在感の強い花はムクゲだ。ハイビスカスによく似た手のひら大の花で、からくさ図書館では白い花の中心に濃い桃色を点じた宗旦《そうたん》という品種を植えている。

「篁。ムクゲを一輪もらっていいかしら？　生け花の練習に」

朝の庭で紅茶を飲みながら、時子が言った。

「どうぞ、どうぞ。もっと持っていっていいですよ」

「ありがとう。でもいいの。無駄なく一輪、真剣勝負だから」

可憐な唇をほころばせて、何やら苛烈なことを言う。

「厳しいですね。失敗しても二度目があるという甘えを自分に許さないとは」

篁は輪郭のはっきりした紅茶の香りを楽しみながら言った。

「自分への厳しさではないの。ムクゲはもうすぐ花期が終わってしまうでしょう？　多めに切るのがもったいない気がして」

「なるほど」

今日は九月の二十九日で、ムクゲの花期は十月に終わる。花を惜しむ時子の気持ちはよく分かる。

「時子。花を思いやっているのだな」

翳《かげ》りを含んだ優しい声の主は、サルスベリに止まった一羽《わ》の鷹であった。重陽の節句にも見た、目の赤いツミだ。

「晴明様。おはようございます」

時子が朗らかに挨拶した。

「おはようございます、晴明様」

「眉が吊り上がっているぞ、篁卿。理由を聞こう」

「人の張った結界をさらりと破らないでください」

「ああ、煉瓦塀のことか」

小型の鷹に変化した上官は、気のない声で煉瓦塀を振り返る。

「ちょっとは難儀して破ってくださいよ。路地から不審者が入らないよう、私なりに強固な術を施しているんですがね？」

「鳥に変化すれば楽に入れると思った。ツバメが巣をかける庭だからな」

赤い目でまばたきするのが可愛らしく、篁にとってはかえって憎たらしい。たぶん晴明本人には、可愛く見える自覚などないだろう。

「もっとも、人の姿のままでも侵入する自信はある」

「自慢してどうするんですか、まったく」

篁の白けた反応を無視して、晴明は椅子の背に舞い降りた。

「昨夜、冥府で篁卿の報告書を受け取った。先ほど読み終えたところだ」

お小言もしくは助言を授けに来たらしい。それにしてもレスポンスが早い。

「新たに冥官となる者だけでなく、すでに経験を積んだ冥官にも役立つ記録だと私は評価する。今後も励むように」

「ありがとうございます。ところで晴明様、人の姿にお戻りになっては？」

「なぜです？」

「人の姿に戻ったら、手数をかけてしまうな」

鳥になったままだと表情がまったく読めないので、どちらかと言えば人に戻ってくれた方が篁は助かる。

「人に戻ったら篁卿は私をもてなしてくれるだろう。茶や稀覯本《きこう》で」

――仕方のない人だ。

素直に「珍しい本が入っていたら見せてほしい」と言わないところが晴明らしい。

「下鴨古本まつりで買った本なら、後で見せて差しあげますよ」

「うむ」

椅子の背からツミが舞う。琥珀色の光が一瞬ひらめき、同じ色の髪と目をした細身の美丈夫が敷石に立った。今日は和服ではなく、勤め人風にスーツを着ている。

「ところで篁卿。道なしを連れた青年が、近いうちに来るかもしれん」

「心得ました」

道なしとは、善行を積んだが強い未練のために死後も現世をさまよっている魂のことだ。篁はもともと、千二百年前から道なしを冥府へ導く仕事を続けてきた。別館を始める前の、いわば本業とも言える。

「どのような経緯で出会ったんですか？　その道なしに」

「昨日、歴史的遺物の調査をしていたときだ。百年ほど前に作られた祭礼用の傘から子どもの道なしが出てきた。これくらいの」

人差し指と親指で、晴明は十センチほどの長さを示した。マスコットサイズだ。

「調査と言いますと、『研究生の堀川さん』としてですか」

晴明は「堀川晴明」という名で、日本宗教史の研究者として市井にまぎれて暮らしている。最近は、ある大学に研究生として所属中だ。

「その道なしは十二歳ほどの少年だったが、白い狩衣《かりぎぬ》に黒い烏帽子をかぶっていた。おそらくは神職の衣装だ」

「子どもなのに大人の衣装を着ていた、と」

祭礼では、たびたび男児が大人に扮《ふん》する。生前、祭礼に参加した道なしだろうか。

「ほとんどの学生は道なしに気づいていなかったが、たった一人、道なしを見て驚いている青年がいた」

「道なしはその青年に憑いてしまった、と」

「彼には『不思議なことはからくさ図書館の館長を頼るように』と言っておいた」

「うさんくさい人だと思われたのでは……」

「最終的には篁卿から、冥府について話すことになるだろう。後の始末は頼む」

暗に「うまく記憶を消しておけ」と晴明は指示した。

「分かりました」

現世の人間が冥府の存在を知った場合、基本的には記憶を消さねばならない。今回は、晴明からの助言の記憶も消すのが無難だろう。

篁は祭礼の傘を思い浮かべる。竹の骨組みに和紙を張ってある、人用のそれよりも大きな傘だ。たった百年前の傘に執着を抱く道なしならば、さほど古い時代の人間ではなさそうだ。

図書館の扉が開いて、時子が顔を覗かせた。手には紅茶を載せた盆がある。篁は駆けていって扉を大きく開けてやった。

「ありがとう、篁。晴明様、お茶はストレートがお好きだったかしら」

「いただこう。いつも世話になるな」

「詳しいお話、もっと聞かせて。開館まで時間はたっぷりあるから」

「分かった」

昨日は金曜日で、からくさ図書館は休館だった。もし青年が来るのならば、今日の午前中の可能性もある。

——早く助けたくて早朝に来たんですね。さすが、ひねくれても閻魔庁第三位。

篁は心の中でこっそりと、悪態のような褒め言葉をつぶやいた。

＊

ぼくは京都の大学に来て弓矢《ゆみや》町《ちょう》を知った。

弓矢町は、祇園祭で有名な八《や》坂《さか》神社《じんじゃ》の近くにある。観光地の真ん中だけど静かな町だ。昔、八坂神社に仕える人たちが住んでいて、弓に張る弦を作っていたから「弓矢町」と名付けられたらしい。

弓矢町で貴重な史料を見せてもらおうと言ったのは、ゼミの先生だった。歴史を知るための資料を「史料」と呼ぶらしい。ぼくが入ったのは歴史学科じゃなくて地域文化学科だから、正直言って腰が引けた。

先生、古文書なんて読めません、とぼくが言うと、ゼミのみんなは口々に同意した。するとと先生は「古文書以外にも史料はあるんやで」と言った。出土した土器だとか大切に保存されてきた古い美術品も、史料と呼ぶのだそうだ。

実際、一回目の弓矢町調査で見せてもらったのは、甲冑《かっちゅう》や刀などの武具だった。と言っても、弓矢町の人が戦に使ったわけじゃない。

昔の祇園祭では、弓矢町の人たちが武者行列を作ってお神輿《みこし》を守りながら歩いたらしい。江戸時代の版画や、昭和の初めの白黒写真にその様子が残っている。

残念ながら、今は人手不足などの理由で武者行列は休止中だ。

それでも、弓矢町の人たちは諦めていない。別の形で武具を受け継いでいる。それが「弓矢町武具飾り」。甲冑を身に着けて武者行列をする代わりに、「弓箭閣《きゅうせんかく》」という町家で甲冑などを飾ってみんなに見せる催しだ。

いつか武者行列を復活させようと願いながら、武具を毎年飾る。かっこいい。

歴史と聞いて最初はびびったけど、一回目の調査が終わる頃にぼくは決意した。

弓矢町をテーマに卒論を書く、と。

なぜなら、弓箭閣に集まってきた弓矢町の人たちが、ぼくら学生をきらきらした目で見ていたからだ。調査に来てくれて嬉しい、と言ってくれたからだ。

大学に合格して良かった、と思った。

喜んでほしい。だから、弓矢町で卒論を書きたい。

調査の次の講義で、ぼくは先生に「卒論で弓矢町を書きます」と言った。

だけど返ってきたのは「まずな、弓矢町の何を書くのか的を絞ったほうがええよ。弓矢だけに」というテンションの低い、おっさんジョーク付きの忠告だった。

やる気をほめてもらえると思ってた。

だからちょっと腐りながら、ぼくは二回目の調査に参加している。

「石動《いするぎ》君、まだ刀があったでぇ。一振だけやけど」

先生が鞘《さや》の真っ黒な刀を持って、弓箭閣の階段を上ってきた。前回の調査では蔵から刀がたくさん出てきた。法律違反にならないように中身は偽物だったけど、ぼくは鞘や柄などの外装（拵《こしら》えというらしい）を見て何度も「かっこいい」と言っていた。

どうやらそれを覚えてくれていたらしい。

「ありがとうございます。また中身は竹ですかね？」

「弓矢町の人らの話では、金属製もあるんやて。刃がない、普通の金属板や」

「なるほど。刀から撮りますか？」

「うん。みんな隣の蔵で作業してるし、こっちは撮影始めよか」

弓箭閣の二階は、広い和室の一間だ。北側の窓辺には史料撮影用の長机を設置してある。史料の形がよく分かるように白い布をかけ、照明でできる影が邪魔をしないように傾斜をつけてある。前回は手間取ったけど、今回は手早く設置できたと思う。

とんとんとん、と調子の良い足音がして、誰かが上ってきた。ウイスキーみたいな色の髪が見えて、誰だかすぐに分かった。

「おお、堀川君。ようけ持ってきてくれはって、おおきに」

先生が嬉しそうに言った。

すらっとして役者みたいな堀川さんは、分厚い事務用ファイルを何冊も小脇に抱えていた。そうか、背が高いから腕も長いのか。うらやましい。

「大正から昭和の弓矢町の記録だそうです。コピーを取ってくださったそうで」

「紙代もインク代も高いのに、ありがたいことや」

「そうですね。……石動君、今日は一人で設置したのか」

堀川さんが撮影用の長机を見た。よその大学の研究員だし、前回の調査で少し話しただけの関わりだけど、たぶんいい人だ。先生とは同じ歴史系の学会員らしい。

「はい、何とか」

「おめでとう」

ちゃんとできてるって解釈で合ってるのかな。

「撮影の前に中を確かめとこか」

先生が鞘と柄をつかむ。現れたのは銀色の光だ。

もしかして本物の刀、と思ったけれど違った。

室内の照明を反射して鋭く光った刀身は、途中で折れていた。

それに平坦だ。先生がさっき言ってた、ただの金属板だ。

「刃のない模造品やけど、字が彫ってあるな」

先生が言い、ぼくも堀川さんも寄っていく。

傘持童子

短い刀身に、尖り気味の字で彫ってある。初めて見る言葉だ。

「かさもちどうじ、と読むんやろか」

先生が言い、堀川さんが「おそらく」と答えた。

「傘持童子って何ですか？」

ぼくは遠慮なく割りこんだ。質問を歓迎する先生だからだ。

「『傘持』と『童子』は別々に考えたほうがええな。どやろ、堀川君」

「そうですね。祭礼の行列では傘を掲げて歩く傘持は、基本的に大人の役目です」

堀川さんは、ぼくへの解説も兼ねた言い方をしてくれた。

「うん。『傘持ち雑色』なら石動君も聞いたことあるやろ？」

「はい、いつだったかの講義で。雑色は雑用をする成人男性ですよね」

「その通り！　祭礼の傘は、めっちゃ大きい。柄も太い。『童子』つまり男の子どもが持ったのは、子どもが持つ霊性に期待したのかもしれへんな！」

先生は、研究で気分が乗ると声が大きくなる。本人いわく学生時代からだそうだ。

「先生？　傘の話、してはりました？」

助教の小野田《おのだ》さんの声だ。

ぼくも先生も堀川さんも、撮影場所とは反対側——南側の窓を見た。深緑色の布に包まれた棒状の何かが、窓から部屋に差し入れられている。五月の端午の節句に食べる、ちまきが巨大化したみたいな見た目だ。

「しとったでえ。傘の話」

「受け取ってもらえますか？ その傘らしきものが、蔵から出てきたんですよ」

隣の土蔵には槍だの鉾《ほこ》だの、長すぎる物がいくつもあるから、窓から窓へ運び入れる手筈《てはず》になっている。そりゃそうだ。三メートルもありそうな棒を屋内に持ちこんだら、壁や襖《ふすま》に当たって大惨事になるだろうな。さておき、働こう。

「ぼく、受け取りますよ」

「おお、石動君。お願いします」

窓辺に歩み寄ると、土蔵の窓から小野田さんが巨大ちまき、もとい傘らしき物を両手で持っていた。黒光りする柄の太さがえぐい。直径五センチってとこか。

「布に包まれた部分はなるべく持たずに、柄を持ってね。傷んでいるかもしれない」

「はーい」

ぼくと堀川さんが受け取る様子を先生が撮影し、その間に他の学生たちが二階に集まってきた。皆の声が入り交じる。傘だって？ 大きすぎない？ こっちの刀に傘持童子って彫ってあったよ、うんぬん。

町の人も集まってきた。小野田さんと土蔵で作業していた人たちだ。大きいなあ、柄がきれいなままやわ、竹に籐《とう》を巻いて黒漆を塗ってあるんやわ、うんぬん。

布が外された。閉じられた状態だけど、朱色に白が少し入っていると分かる。

「堀川君。柄を立てずに、横に倒したままで開いてもらえるやろか？」

先生が言い、堀川さんが「はい」と答える。立てたら天井にぶつかりそうだ。

ゆっくりと傘が開いていくのを、ぼくは堀川さんの背後から見た。

朱色の傘が開ききって、和室に大きな円を描く。

間違いなく八坂神社のための傘だ。朱色の地に一つずつ、巴《ともえ》紋と木瓜《もっこう》紋が白く染め抜かれている。どちらも、八坂神社の神紋だ。

八坂さんの紋やなぁ、と町の人たちが言い交わす。天井に届きそうや、とも。

「先生、直径を測りますか？」

「そやな、小野田君。巻き尺持ってきてくれへんか」

傘の外側で先生と小野田さんが直径を測りはじめた。他の学生はいろんな角度から写真を撮っている。ぼくは堀川さんと一緒に傘の柄を支えながら、堀川さんの背中越しに傘の骨組みを見た。

「傘はでっかいけど、骨は細いですね。提灯《ちょうちん》の骨と同じ太さかも」

「いい着眼点だ」

堀川さんがほめてくれたので、ぼくはもう一つ気がついたことを追加する。

「白い人形みたいなのがついてますね。お守りか何かですか？」

「人形？」

とても小さな声で堀川さんが聞き返した。

「ほら、傘の中心のところに、神主さんみたいな」

途中で言葉を止めた。ちまきみたいにきれいに閉じていた傘の内側に、人形が挟まる余地なんかない。だけど間違いなく、傘の内側には小さな神主がいる。はぐれた山際の雲みたいにふわふわと浮かんでいる。

黒い目でこっちを見た。手を振った。

「なあ、ツノが二本ある神様、知らへんか？」

人形の口が動いている。あいつがしゃべってるのか？

「さあ」

堀川さんは、誰に言ったのだろう。人形がついていると言ったぼくか、問いかけてきた小さな神主か。

「直径百八十センチ！　測れたでえ」

傘の向こうで先生の声がした。

「堀川君、石動君、おおきに。もう閉じてええよ」

「はい」

堀川さんは小さな神主など見えていないみたいに傘を閉じていく。元通りに閉じた傘は、みんなの手で布をかぶせられて床に横たえられた。

——今の、何？

ぼくは目だけ動かして畳の上をうかがう。座布団、撮影用の長机、刀、傘。おかしな物は落ちていない。神主の姿をした人形なんていない。

「石動君。顔が青いな」

堀川さんが怖い目つきでぼくを見た。そこまで？

「少し外の空気を吸ったほうがいい。京都のミネラルウォーターをあげよう」

怖い目つきをゆるめて、堀川さんは手招きする。何それ飲みたい。

「先生。石動君が史料にあてられたみたいなので外に連れていきます」

「おお。いってらっしゃい」

「あの、『史料にあてられた』って何ですか？」

「古い物を見てると、体力を持っていかれることがあるんや」

そういう現象を「史料にあてられる」と呼ぶらしい。

えー怖い、と同級生の誰かが言う。

「情報量の多い物を見ると疲労するっちゅうだけの話や。オカルトと違うよ」

先生の説明を聞きながら、ぼくと堀川さんは一階に下りた。

堀川さんは自分のバッグから小さなペットボトルを出してくれた。ラベルに「伏見の水」とある。

「伏見の酒に使われる水だ」

「ありがとうございます……」

ひんやりした感触を手のひらで楽しんでいると、堀川さんは庭へ出ていった。ついて行くと、南天の樹に膨らみかけの茶色い実が実っていた。秋だ。暑さでばてるような季節じゃない。

「そんなに調子悪そうですか、ぼく」

「大変な物を見た、という顔をしている」

「それは、あの……傘の話ですよね」

今頃になって、ぼくは自分の感覚を疑いはじめていた。小さな人形は、調子を崩したぼくの見間違いじゃないだろうか。

「傘ではない」

堀川さんがスーツのポケットから白くて丸っこい物を出した。

さっきの小さな神主だ。手足を縮めてるから、ハムスターっぽく見える。

「無礼者。ぼくは弓矢町の傘持童子やぞ。つまむの、やめえや！」

傘持童子？　さっき刀に彫ってあった言葉だ。

「人を驚かせるのをやめろ。学生が怖がっている」

学生ってぼくのことですよね。むしろ堀川さんが怖いです。

「堀川さんも、見えてたんですか……？」

「見えた。角二本の神についての問いも聞こえた。そしてこのように捕捉できるが、君は真似しないように」

堀川さん。ぼくに不審がられる心配を、毛ほどもしてませんよね……？

「水を飲むといい。落ち着く」

「はい、いただきます。落ち着いてますけどね」

ペットボトルを開けて一口あおる。うまい。まろやかだ。でもむせた。落ち着いてるなんて、見栄《みえ》を張って嘘《うそ》をついたせいだ。本当は動揺まっただなかだ。

げっほ、げっほと咳《せき》を繰り返して、呼吸を整えた。

「堀川さん。あなたはいったい何者なんですか」

「この少年が見えている君も、何者なのかという話になるな」

平然と堀川さんは答える。小さな神主の首根っこをつまんだまま。

「あの、とりあえず……。放してあげませんか」

「良かろう」

堀川さんが、もう一方の手のひらで受けるようにしてつまんだ手を放す。しかしあろうことか、手のひらに落っこちた神主は、そのままジャンプしてぼくの手首に着地してしまった。バッタかお前は。

「おお。好かれたな、石動君」

ちょっと嬉しそうに堀川さんが言った。訳の分からない状況から助けてくれるのかと思ったけど、楽しんでないか、この人？

「えーと、どうしてぼくの手に……」

「あっちの背広の兄さんは怖いねん。何か知らんけど怖い」

「なかなか勘がよろしい」

堀川さんが微笑む。子どもに嫌われて嬉しそうな人、初めて見たぞ。

ぼくは考えた。およそ二十年で見聞きしてきた世界に合致する答えを。

「分かった。これはロボット型端末で、ネットを介して誰かとつながってるんだ」

「いや。むしろどこにもつながっていない存在だ」

堀川さんの返しは、まるっきり意味不明だ。

——どこかにカメラが内蔵されてるんじゃないのか？　額とか烏帽子とか。

黒い烏帽子をまじまじと見ていると、子ども神主は視線を合わせてきた。

「ぼくのことは貫太《かんた》って呼んでや。傘持童子はお役目の名前や」

「傘持童子って、どんなお役目？」

「しゃあないなあ、教えたるわ。弓矢町の武者行列で、大きな傘持って、専用の太刀を佩《は》いて歩く役やで！」

「今は休止中だろ？」

貫太は鼻で笑って答えない。ぼくは対応に困って堀川さんを見る。

「石動君。その傘持童子は、悪い存在ではない。だが人前では、見えない振り、聞こえない振りを通すようにな」

「は、はい。もう謎過ぎますけど、それが正解なのは分かります」

「今後については、こちらに相談しなさい。今日は金曜日で閉館だが」

堀川さんは白いカードをくれた。中央に「私立からくさ図書館」と印字され、隅に唐草文様がデザインされている。なぜ図書館？

「なるべく早めに行くことを推奨する」

「堀川さんが何とかしてくれるんじゃないですか？」

「あいにく、傘持童子には嫌われてしまったからな」

やっぱりちょっと嬉しそうに堀川さんは言う。本当に何者なんだ。

「おうい、大丈夫か？」

先生が玄関口まで降りてきていた。さすが指導教員だ。

「あっ、大丈夫です。堀川さんに水をもらったら、楽になってきました」

「秋でも脱水症状になるんやなぁ。今から弓矢町の人たちに話を聞くから、転ばへんようにゆっくりおいで」

「ぼくも聞く！」

手首の上で小さな神主が騒ぎ、ぼくは聞こえない振りをする。堀川さんが、小さな声で「よし」と言うのが聞こえた。

＊

朝の風に宗旦ムクゲの木が揺れる。

晴明は、時子が淹れた二杯目のストレートティーを一口飲んで目を細めた。

「久々に見た。あれほど小さな道なしは」

「珍しがっている場合じゃありませんよ、晴明様」

篁は意図的に眉を吊り上げた。今からお小言モードだ。

「その貫太君という道なしは、弓矢町に武者行列があった頃の少年でしょう？　小さくなっているのは心配じゃないですか？」

晴明は卓上に生けられた宗旦ムクゲを見ている。時子が生けた花だ。

「元気なようでいて、心細いのかもしれんな」

「でしょうね。たぶん九十年以上ひとりぼっちじゃないですか？」

「篁。どうして、九十年だと分かるの？」

時子が聞いた。生けた花を晴明に褒められて上機嫌だったが、今は心配そうだ。

「弓矢町の行列を何度か見たことがありまして。男の子が傘を持っていたのが確か昭和の初めだったんですよ」

篁は、庭の中央あたりを指差した。心得た風に時子も晴明も視線を向ける。

この図書館は敷地全体が篁の縄張りだ。見た物を再現するなど造作もない。

鎧《よろい》をつけた少年が敷石に立った。五月人形が成長したような爽やかさだが、一点だけ違う部分がある。腰に巻いた綱のごとく太い紐だ。腹のあたりで、大きな結び目を作ってある。実際の戦では邪魔になってしまうほどの大きさだ。

「あの結び目は、お守りかしらね」

一人、また一人と、結び目に腹を守られた若武者が庭に増えていく。

「篁卿は、見たのか？　傘持童子を」

「見ましたよ。晴明様は冥府で忙しくしておられましたが、私は千二百年前から現世で人として暮らしながら、冥府へ行き来していたのだから」

朱色の大きな傘が高く掲げられた。柄をしっかりと抱えているのは、烏帽子をかぶった白装束の少年だ。

「こういう顔と服装だったな。貫太という道なしは」

「私が昭和に見た少年と、晴明様が会った道なしの少年は同一人物であった、と』

晴明と篁が確認し合う横で、時子は「貫太君ね」とつぶやいた。親しみを覚えたようだ。

「しかし晴明様。私が昭和の初めに見かけたときは、角が二本の神様など見ませんでしたよ？」

「行列が進む間、ほんの短い間だけ貫太の前に現れたとしたらどうだ？」

「あり得そうです。私もずっと行列を目で追っていたわけではないので」

達だからだ。先走りせず、提示される情報を待つ。篁なりの謙虚さである。
ば思い当たる節があったが、これも黙っておくことにする。神々に関しては晴明が先
何やら恐ろしかったが、篁は黙っておいた。そして「角が二本の神様」と言われれ
――締めるとは、神様を？
「やはり一度締めねばならん」

＊

もしかして夢かな、と思っていたけれど、朝になっても貫太はぼくのそばにいた。
机に置いた辞書の上で、すうすうと安らかな寝息を立てている。
――やっぱり、堀川さんが連れ帰ってくれれば解決したんじゃ……。
朝一で淹れたコーヒーを片手に、ぼくは眠る貫太を見下ろした。
貫太は大の字で眠りながらも、手足をもぞもぞと動かしている。昨日はぼくの手首
につかまって手乗りインコみたいだったが、こうして見るとやっぱり造作は人間だ。
――ご飯は、食べられないいんだったか。
昨日マンションに連れ帰った後、ぼくは作り置きのおかずを温めて一口分だけ貫太

に分けようとした。でも返事は「あのなあ、ぼく死んでるんやで」だった。

一理ある。

だけど、死んだ男の子が調査に現れて手首にくっついてくるという不条理な状況は納得しがたい。

——紹介してもらった図書館、行くしかないかぁ。

ぼくは「私立からくさ図書館」のカードを取り出した。今日は土曜日で大学の用事はない。貫太の探している「角が二本の神様」はぼくの手に余る。堀川さんと貫太の話を信じるなら、その神様を探してずっとさまよってきたらしい。

かわいそうに思う気持ちと、早く誰かに押しつけたい気持ちがせめぎ合う。

「んん？　何や、石動はん。人の寝顔見て怒って」

いきなり起きた貫太が、ぼくを見上げた。

「怒ってない」

「ちゃんと朝ごはん食べえや。ぼくに遠慮せんと」

「おう」

悪いやつではないのだ、たぶん。

「図書館、行くか？　からくさ図書館っていうとこ」

「せやなあ。連れてってくれるんか？」

「自転車だから揺れるけど」

「乗り物酔い、するやろか。ぼく死んでるけど」

「その『ぼく死んでるけど』ってやつ、なんか心臓に悪いんだけど？」

「しゃあないやんか、事実や」

事実。事実とは。現実離れした事象を事実と呼んでいいのか。

哲学的な問いに陥りかけながら、冷蔵庫から作り置きの肉じゃがを取り出した。そういえばお供えはたいてい精進物だ。これを出された貫太の困惑も分かる気がする。

「酔いそうになったら言って。自転車を降りて歩くからさ」

ぼくの提案に、貫太は「おおきに！」と答えた。

＊

煉瓦作りの洋館の真ん前まで来てから気づいたけど、からくさ図書館には駐輪場があった。門と玄関の間にちゃんとスペースが設けられていた。自転車を撤去される懸念が抜け落ちるくらい、ぼくは動揺しているらしい。

——館長って何歳ぐらいの人だろ。おっさんかな。

自転車を駐めてから考える。何て切り出そう。堀川晴明さんからご紹介いただきました、石動です。弓矢町の傘持童子について知りたいです、と言って貫太を見せたらどうだろう。

「石動はん、迷うとるん？」

手首の上で貫太が聞いた。やっぱり手乗りインコの風情がある。

「館長さん、本当に君のこと見えるのかと思ってさ。無難な切り出し方を考えてた」

「大人やなぁ、石動君」

「そりゃ君よりは」

「ごめん、言うてへんかった。ぼくは大人になるまで生きたから、年上や」

「ほんとかよ」

「対話不足の大人で、ごめんやで」

「いや、未知の存在と出会ったばっかりで色々対話を深めても変だろ」

ぼそぼそと話していたら、図書館の玄関扉が開いた。さっき考えた挨拶を言おうと、ぼくは口を開く。

「おはよう。石動君」

着物だから、一瞬誰かと思った。ウイスキーみたいな色の髪、鋭い目つき、きれいだけど全体的にちょっと怖い顔。図書館を紹介した当の本人——堀川さんが出てきて、驚き半分、安心半分だ。

「おはようございます。来てたんですか」

「今日は暇だ。おはよう、貫太君」

堀川先生は貫太にも挨拶した。

「おはようさん。似合うてはるわ」

「ありがとう」

「そやけどお兄さん、何者なんや？　動揺してて今まで聞きそびれてたわ」

——動揺してたのか。

「ぼくも知りたいです。堀川さんは、よその大学の研究生員で、先生の知り合いだから調査にいらっしゃったんですよね？」

堀川さんは目をそらす。ごまかしたのではない。玄関先に視線を向けたのだ。

「篁卿。説明を頼む」

「丸投げしましたね」

堀川さんよりも少し背の高そうな、エプロン姿の男の人が出てきたところだった。

縁無し眼鏡が似合う、しゅっとした雰囲気の人だ。でも「卿」って何？

「石動君でしたね。館長の永見《ながみ》篁です」

愛想の良い笑顔で館長さんは言った。え、若い。おっさんって言うほどの歳じゃなくて、三十歳手前くらいに見える。

「小さいお客様も、どうぞおいでください」

笑顔を保ったまま館長さんが言い、ぼくはその場にうずくまりかけた。曲げた膝に両手を置いて、どうにか上体を支える。

「どないしたんやっ」

「他にも見える人が、いた。堀川さんを信用して大丈夫だったよ……」

「安心して力が抜けたんか」

「はっはっは、信用がないですね、晴明様」

愉快げに笑いながら館長さんが歩いてくる。堀川さんの目つきが険しい。

でも「晴明様」って何。「篁卿」も変だけど。

また玄関が開いて、今度は女の子が出てきた。裾がひらひらしたワンピースは露出度が極端に低くて、子どもの頃に絵本で読んだ『若草物語』の四姉妹みたいだ。

「篁。外で高笑いするのはおやめなさい」

可愛い声でぴしゃりと注意された篁さんは、とろけるような笑顔になった。どうしてそうなるんだよ。怒られているところだぞ、あんた。

「いいこと、篁。『あそこの私立図書館は館長が変人だ』なんて噂が立ったら、仕事に差し支えるわ」

「気をつけますよ。時子様」

館長さんの表情筋はまだ弛緩《しかん》している。しかも「時子様」って言った。頼って大丈夫だろうか。変人どころか変態かもしれない。

「『立ち話も何ですから』と言うべきかしら。どうぞいらっしゃい」

女の子はぼくだけでなく、貫太にも笑顔を向けた。貫太が「へへっ」と笑う。

「もう大丈夫よ。うちの館長は変人だけど有能だから」

館長さんを見る。喜色満面だ。ほめられて喜んでいる。

幸せそうな館長さんは、ぼくたちを導くかのように先に立って玄関扉を開いた。アンティーク調のランプや焦げ茶のテーブルと椅子、そして一番奥の窓から見える緑の庭がぼくを捉える。体がここへ入りたがっている。

「この図書館の中で、どの本がお好きですか？」

館長さんの言葉に誘われて、ぼくはチョコレート色の本棚に近づく。いくつも並ぶ背の高い本棚のたった一つを目指して歩く。なぜ目指すのかは分からない。

真っ赤な背表紙に触れてから題名に気がついた。

金色の文字で『疫神と人間』とある。

装丁も題名もクセが強いな、と思う自分を、もう一人の自分が見ている。そして、必要なのはこの本だと訴えてくる。

「この本を、読みたいです」

切実な声が出た。表紙にも金色の文字で題名が記されている。

「ああでも、貫太の疑問を解消しないと」

手首に乗っかった貫太と目を合わせる。本を選んでいる間、ぼくは貫太の存在を忘れていた。

「大丈夫です。その本に答えがあります」

館長さんは受付らしい大きなデスクにいた。

隣に立つ女の子がうなずく。

「お客様には温かい紅茶かコーヒーをお出ししているの。どちらがいいかしら」

「じゃあ、紅茶。紅茶の方が好きです」

「お砂糖とミルクは？」

「なしでお願いします」

時子さんはホールスタッフみたいに、ぼくの注文を紙に書きこんでいく。

「貫太君も、ここでなら飲んだり食べたりできるわよ。どちら？」

この世界の仕組みを分かっている口ぶりで、時子さんが言う。

「ぼくも紅茶がええけど、なんで？　ぼく死んでるんやけど」

「あなたは、道なしと呼ばれる魂。そしてここは、道なしを迎えるために篁が作った縄張りだから」

「道なし？　何やそれ」

「生きていたときに善い行いを積んで、本当なら天道——天国みたいなところへ行けるはずなのに、さまよっている魂のこと」

貫太は時子さんの説明に「道なし。道なしなぁ」とつぶやいた。

その口調はまるで、自分に言い聞かせてるみたいだ。

「狐さんが来たときは小さな茶杯で飲んでもらったの。どの器にする？」

狐が来るのか、この図書館？　見てみたいけど、死んだ人がハムスターサイズになって来館する方が異常事態かもしれない。

「そんなら選ばせてもらうわぁ」

時子さんが隣の部屋から持ってきたお盆には、薄くて小さい茶杯がいくつも載っていた。玉露とか中国茶とかに使えそうだ。

「石動君、どの席にしますか？」

館長さんがデスク上の座席表を示した。木の板に座席の配置と番号を記してある。ぼくが3番を指差すと、館長さんはさっき時子さんが書きこんだ紙に「３」と追記して手渡した。

「あっ、ぼくも同じ席がええわ」

お盆に載って茶杯を選んでいた貫太が言った。

「いいよ。一緒に読もう」

ぼくは真っ赤な本を軽く掲げ、気がついた。作者名も出版社名もないのだ。

「誰が書いたんですか？」

３番のテーブルに本を置いて、椅子に腰を下ろしながら館長さんに聞く。

「君の魂と、京都という土地そのものから生まれた本です」

だから作者がないのか。納得しかけて、ぼくは怖《お》じ気《け》づいた。

「読んで大丈夫なやつですか」

「読める部分は読んで大丈夫です。冥官が使う冥府の文字で書かれた部分は、普通の人間には解読不能ですのでご無理なさらず」

とうとう言った。ぼくが普通の人間で、館長さんはそうではない、と明言した。

「館長さんは、普通の人間じゃないってことですよね？」

「生まれたときは普通の人間でしたよ。小野篁を知っていますか？」

「そりゃ知ってますよ、授業で習ったから。天皇を批判した人でしょ」

小野篁は、平安時代の歌人だ。偉い政治家でもあったから、遣唐使の副使に選ばれた。だけど正使にあたるもっと偉い人から壊れた船を押しつけられて激怒し、遣唐使制度を批判する漢詩を書いて広めた。そのせいで隠岐へ島流しになった人だ。

ぼくが簡潔に説明してみせると、館長さんは縁無し眼鏡に手をかけた。

「その罪人が私ですよ」

眼鏡を外しながら立ち上がるその姿が、一瞬黒い霧に取り巻かれた。

目にゴミが入ったのかと思い、ぼくは強く目を閉じる。

異物感がないのを確かめて目を開くと、お内裏様の衣装を黒くしたような人がデスク脇にいた。

黒い冠と、ええと何だっけ。

「ええと、束帯」

「当たりです。この服装を見ていただければかつての貴族だと納得しやすいと思いまして、着替えてみました」

目元の涼しげなその人は、館長さんと同じく背が高く、柔和な声だった。というか、同じ顔だ。眼鏡を外して着替えた館長さんだ。

しかし、着替えた？　着替えたとは？

脱ぐところも着るところも見た覚えがないんだが。

「石動君は、歴史学上の小野篁について教えてくれましたね。しかし、伝承として語られる小野篁についてはご存じですか？」

学校の先生みたいな物言いだ。そこまでぼくは小野篁に詳しくない。

「ぼく、知ってるで！」

お盆からデスクに飛び降りて、貫太が言った。

「小野篁はんは、地獄の閻魔大王の部下をやってはったんや。昼は天皇さんに仕えて、夜は六道珍皇寺の井戸を使って通勤してはったんやで」

「ありがとうございます。さすが地元民」

「言い伝えは、ほんまやったんや。篁はんなら、ぼくが見た二本角の神様がどなたか分かるやろか？　気になってずっと京都中探してるんやけど」

「お手伝いいたしましょう。どんな風に出会ったんですか？」

「ぼくが傘持童子をした夏や。祇園祭のお神輿を先導してたんやで。武者の格好した、弓矢町の仲間と一緒に」

紅茶の香りが鼻をくすぐる。時子さんがティーカップと茶杯を運んできたのだ。

「おおきに。いただきます」

特大のどんぶりを抱えるみたいな格好で、貫太が紅茶を口に運ぶ。

「傘に神様が入ってきはるかもしれへん、って町の大人たちから聞いてたんや。神様の邪魔にならんように、身体の小さい子どもが傘を持つんやで、って」

「なるほど。人間から神様への気遣いですねえ」

館長さんは興味深げに合いの手を入れた。子どもが傘を持つのは、神様の背後から傘を差し掛けてあげるのに都合が良いからか。身体の大きな大人が傘を掲げたら、互いにぶつかってうっとうしいだろう。

——先生にも教えてあげたい。

研究で気分が乗ると声が大きくなる先生の癖を思い出したとき、堀川さんが平然とした様子で館長さんを見ているのに気がついた。

——館長さんが小野篁なら、堀川さんは何者なんだろう。

晴明様と呼ばれていたけれど、まさか映画とか『今昔物語』に出てくる陰陽師じゃないだろうな。

「ぼくなぁ、見えない神様に傘を差し掛けるつもりで、傘を高く掲げてたんや」

貫太が身振り手振りをつけて語るのを、ぼくは紅茶を飲みながら聞いた。

「そんでな、気ぃついたら、目の前に白い布地と白くて長い髪があったんや。『ぼくの前に神様がいてはる』と思った」

急に喉が渇いてきて、ぼくは紅茶を一気に飲み干した。それで、どうなったんだ？

「見上げたら、その髪の白い人には赤い角が二本、生えてたんや。もっと顔をよく見よう思うたら、消えてしまわはった」

「怖くなかったのか？」

ぼくは勢いこんで聞いた。どう考えても怖いだろう。

「いいや？　神様が来はったんやなぁ、と思うた。怖さより気になったのは、どこの神様なんやろってことや」

「答えは、この本に」

館長さんが卓上の真っ赤な本に手を置いた。ぼくの魂と京都から生まれたという、『疫神と人間』に。

「開いてくれますか。石動君」

言われるままに表紙を開くと、どこかで見たような光景があった。

和室に置かれた長机、照明機材、ノートパソコン。鞘に収まった刀が何振か。

刀を見ている人間たちを見て、ぼくは口を押さえた。叫びそうになったからだ。

弓矢町の人たちがそこにいた。一回目の調査に行ったとき、ぼくたち学生をきらきらした目で見てくれた大人たちだ。

「この光景……。最初に弓矢町の調査に行ったときと同じです。弓箭閣の二階」

館長さんがうなずく。時子さんは「わたしも行ってみたい」とつぶやいた。

「石動君が弓矢町から生きる力を受け取ったから、この本の一部となって現れたのでしょうね」

「生きる力？　館長さん、ぼくは死にかけてたわけじゃないですけど」

「切羽詰まった話ではないのですよ。石動君、弓矢町をテーマに卒論を書こうと決心したでしょう？」

「はっ？」

椅子を鳴らして立ち上がった。貫太がテーブルの上で「おっと」とのけぞる。

「どうして知ってるんですか？」

「書いてあるので」

館長さんが頁の隅を指差す。だけどそこにあったのは文字ではない。強いて言えば漢字と仮名を融合させてできた紋様に見える。

「冥府の文字です。情報量が多くて便利ですよ」

「プ、プライバシーの侵害だ」

「よく言われます」

平然と館長さんは返す。どうなってんだ。

「閻魔大王が裁きを下すとき、浄玻璃の鏡に生前の行いが映しだされます。それと似たようなものです」

「生きてるうちに味わいたくなかったよ！」

昨日からの出来事も含めて、今が一番怖い。館長さんが眼鏡を外して束帯姿になるなんてどうでも良くなるレベルだ。

「ご安心ください。冥府の官吏は秘密を漏らしません。指導教授のコメントが少々冷たかった件も書いてありますが、冥府の官吏以外には伝達しませんよ」

——怖い。国家が暴力装置なら冥府は恐怖装置だ。

「なあなあ、篁はん。そんで、ぼくが会った神様のことは？」

「読み進みましょう。石動君の体験ではなく、石動君の関わった、弓矢町周辺の情報が記された頁へと」

ぼくもそのほうがありがたい。てか、そうしてくれ。

頁がひとりでにめくれていき、白地に大きな文字が並ぶ箇所で動きを止めた。

私の名前は丸菊《まるぎく》。

姿は小鳥、務めは牛頭《ごず》天王《てんのう》の御使いである。

頭のてっぺんに黄色いタンポポを載せたような、可愛い小鳥の挿絵が添えてある。

「ああ、キクイタダキですね」

館長さんが言った。

「頭の頂に菊が載っているみたいだからそう呼びます。昔からいる野鳥ですよ」

「へえ……。この、牛に頭の天王ってどう読むんですか？」

「ごずてんのう、と読むんですよ。八坂神社に祀られている神です」

「ええと、ゼミで『八坂神社はスサノオノミコトを祀ってる』と習ったんですけど」

「それは最近の話ですね。神仏分離以前は、八坂神社だけでなく多くの神社で牛頭天王を祀っていました。次の頁へ行ってください」

本の中身が分かっているみたいに、館長さんは言った。

＊

牛頭天王という神が生まれた日を、私は覚えている。

平安と名付けられた時代の終わり頃だ。

祇園社《ぎおんしゃ》――今は八坂神社と呼ばれる社に、板が積み上げられていた。それらはただの廃棄物ではない。ある板には二本の角を生やした顔が描かれ、別の板には「牛頭天王」と字が書かれていた。

祇園社の外には痩せこけた死体が山積みであった。

疫病が蔓延《まんえん》していたのだ。

倒れる者の多さに疲れ、漂う死臭に酔い、人々はとある噂を信じるようになった。

いわく、角を持った牛のごとき神が祇園社に居座って、疫病をもたらしている。疫病の神を祀り、供え物をすれば機嫌を直して疫病の蔓延を止めてくれる。

だから、山を成した板のそばには花が供えられていた。

名も知らぬ草花を持ってくるのは、痩せこけた庶民。梅やら菊やら、いくぶん豪華なのを持ってくるのは僧や召使いを連れた貴族。

いつしか板きれの山は「牛頭天王の塚」と呼ばれるようになった。祇園社の神職たちは止めるどころか、隠れて供え物をするありさまであった。

たわいもない、児戯に等しい行いであった。ただの小鳥であった自分にも、繰り返される行為が病気の治癒には役立たぬと分かった。

いや、牛頭天王の御使いとなった今思えば、ただの小鳥にしては物が分かり、人に興味を持つ個体だったかもしれぬ。

牛頭天王の塚で白髪の男を見つけたのも、人への興味が強かったゆえに違いない。

幼子のように手足を縮こめた、大きな男であった。

身に着けた白い直衣は神職か貴族を思わせたが、なんと烏帽子を着けず、髪を結っていなかった。白く長い髪は腰まで伸びて、顔の上半分は赤い仮面で隠されていた。二本の角を生やした赤い仮面だ。

そんなところで寝ておっては追い剝ぎに衣を奪われるだろう、と私は案じたのだが、花を捧げに来る者たちは、仮面の男が見えていないようであった。

ははあ、これは神か、あやかしの類か。

どちらか分かるまで見張っていよう。

仮面の男は、来る日も来る日も塚の前に座り続けた。男の前に、二本角の疫神を描いた板、牛頭天王の名を書いた板が積まれていった。花だけでなく、板そのものが仮面の男への供物であるかのようだった。

春が終わる頃、私はあることに気づいた。

花を捧げる前と後で、人間の顔つきが違うのだ。牛頭天王の塚の前で力なく膝をついた女が、白い花を地に置き、手を合わせる。そして立ち上がる頃には、唇に血の色が差している。

親戚同士らしい、顔のよく似た貴族と僧の二人連れが、塚に桃色の花を捧げ、声を合わせて経を読む。経を読み終えた後、そろって安らかに息をつく。

明らかに「牛頭天王の塚」とそこへの来訪は、人の気分を、息づかいを、歩く姿勢を変えているようだった。来訪したからといって、疫病から逃れられるわけではなかったけれど。それでも、この場所が訪れる者たちに活気を与えているのは感じられた。

《おぬしは、何者なのだ》

知りたい気持ちを抑えきれず、私は仮面の男に尋ねた。

《たぶん、牛頭天王というのが、私だ》

仮面の男の表情はよく分からなかったが、頼りない話し方であった。
《たぶん、とは?》
《真っ暗な中で、牛頭天王、と人の声が聞こえた。自分だと思った。何度か聞いているうちに、私は身体を得た》
《ほう? おかしな話だ》
《お前もおかしいな。ずいぶん長い間、祇園社の森で私を見ているだろう。頭の黄色い部分が大きいから、他の小鳥とすぐ区別が付く》
言われてみれば、私の同輩で生きている者はもういなかった。
《何なのだ、お前は》
《おぬしこそ、何者なのだ》
言い合っていると、一人の男が現れた。冷涼な気をまとった、琥珀色の髪と瞳の、肌の白い男であった。
《これは面白い。鳥と神が言い争いをしている》
面白いと言いながらも、男の声音は憂鬱げであった。
《おぬしは、生身の人ではないな》
年の功と言うべきか、すぐ分かった。姿も、朝の石畳に差す影も人のそれだが、何かが違う。
《陰陽師、安倍晴明。人としての生を終え、閻魔大王の部下となった》
途方もないことであった。人々の評判で安倍晴明公の偉大さは聞いていたが、信用して良いものか。
私がそのように難じると、安倍晴明公を名乗る男は直衣の袖を翻した。袖が大きく広がった、琥珀色の光が視界を埋めた、と思った直後、仮面の男の肩に鷹が止まっていた。
《これで信じたか》
晴明公を名乗る男と同じ声で鷹が言った。信じるも信じないも、小鳥の天敵たる猛禽類に変化されては、恐ろしさで頭の羽毛が逆立ってしまう。
《天敵に変化するとは意地の悪い！》
《信じてくれたか。さて、牛頭天王よ》
鷹に変じた晴明公は、私の憤怒《ふんぬ》も知らぬ顔で仮面の男に語りかけた。
《そなたに京を守る使命を授ける》
不遜な、と思った。神に使命を授けるほど、閻魔大王の部下とは偉いのであろうか。
しかし相手は鷹である。私は黙って見守った。

《私は生まれたばかりだ。使命など授かるのは、おかしい。陰陽師だとか閻魔大王だとかも、どんな者かよく分からぬ》

案の定、牛頭天王は困惑気味であった。私はたまらず説明してやる。

《陰陽師は、天の星を見て占い、悪《あ》しき者を退ける者だ。閻魔大王は、死んだ人間が生前犯してきた罪を裁く者だ》

牛頭天王は口を半開きにして聞いていたが、うなずいた。さまざまな人間を見てきたおかげか、ある程度難しい言葉も分かるようであった。

《生まれたばかりだからこそ、悪しき道へと向かわぬように使命を与えるのだ。京を守ってきたこの安倍晴明がな》

《悪しき道へは、行きたくない。京を守るには、何をすれば良い？》

《二つある。難しいことではない》

肩から飛び立った鷹が、陰陽師の姿に戻る。牛頭天王を立たせ、肩に手を置いた。

《このまま牛頭天王として在れ。疫病の神・牛頭天王を鎮めれば疫病は鎮まるという物語があればこそ、人間は疫病の克服という物語を心に思い描ける》

《心に思い描く。それが重要なのだな》

《そうだ。疫病の克服を思い描ければ、対処法も浮かぶ。病者との接近を避け、でき

る限り清潔を保つ、といったことだ》
《もう一つは何だ？》
《そなたにできる範囲で良い。京を見守り、異変ありと感じたときは私に報告せよ。そこの冠が立派なキクイタダキを御使いとする》
《勝手に決めないでもらおう》
激高した振りをしたが、私は嬉しかった。明らかに他のキクイタダキよりも長く生きているこの身を、持て余していたからだ。黄色の冠を褒められたのも大きかった。
《晴明公が私の助けを所望し、私は晴明公の願いを聞く。これで決まりである！》
胸の羽毛を逆立てて宣言した。
《良かろう》
晴明公は怒らなかった。頭が高いと言われるかと思ったのだが。
《祇園社の森に住まい、長寿と知恵を得たキクイタダキよ。人の願いから生まれた神を助けてやってくれ》
はて、我が寿命は祇園社の森の不思議な力によるものか。
祇園社には本来、祇園天神という神が祀られていたと聞く。そちらの神はもう眠ったのか、それとも新たに生まれた神である牛頭天王に座を譲ったのか。

一介の小鳥である自分には、知るすべのない事情ではあった。

かくして私は丸菊という名を晴明公からもらい、牛頭天王という神の御使いとなったのである。

＊

キクイタダキが語る長い物語を読み終えると、次の頁はもう読めなかった。館長さんの言う「冥府の文字」だ。

「石動はん、おったで。ぼくが見たのは、やっぱり神様やった。牛頭天王様やった」

「この話、本当にあったこと、なのか？」

「本当にあったことですよ。この本は、石動君の魂と、京都という土地から生まれた本ですから」

館長さんが本の続きを読んでいる。ぼくには冥府の文字なんて、漢字と仮名を融合させたような謎の紋様にしか見えないんだけど。

「なるほど。牛頭天王様は使命を授けられた後、祇園祭をそばで見守っておられたようです。ときには、行列の傘に入って、祭を行う者の気持ちを理解しようとしていた、と」

「ぼくの？」

「たまたま見えてしまったのでしょうね。子どもは無垢《むく》なだけに、神と同調しやすい。だから祭礼において子どもは重要な役割をはたすのです」

「ああ、長刀鉾のお稚児さんもそうやんな。どのお稚児さんも懐かしい」

貫太が言った。武者行列で関わった祇園祭ガチ勢だから、そりゃ懐かしいだろう。

「しかし晴明様、牛頭天王の誕生に関わっておられたとは」

館長さんが堀川さんを見た。

ぼくは、やっぱり、とも思い、そこまでおかしなことってある？　とも思う。指導教授の知り合いが妙にかっこいいお兄さんで安倍晴明だなんて、夢でも見てるんじゃないか。

「歴史系の学会で、しゃべりたくなりませんか？　牛頭天王の話題が出たときに」

「ならない。現在の通説通り、発祥のはっきりしない神だと言う」

「現世に適応しておられて、何よりです」

教え子をほめるような口調で館長さんは言う。束帯姿の貴族が着流しのお兄さんをかまっている姿は、やけにシュールだ。

「貫太君」

堀川さんが呼ぶと、貫太は「ひゃっ」と悲鳴を上げた。

「怖いなんて言うて、ごめんなさい。晴明様だったんや」

「気配を感じ取ってくれて光栄だ」

「弓矢町にある、晴明塚と同じ気配がしてはる。何か、逆らえへん感じがすんねん」

へえ、弓矢町に安倍晴明の塚があるんだ。卒論、それにしようかな。

「貫太君。君さえ良ければ、今から八坂神社に行こうか」

「八坂さんに？」

「八坂神社を擁する東山《ひがしやま》には、牛頭天王がキクイタダキとともに住んでいる。道なしになってまで君が探した牛頭天王を、叱りに行こう」

「晴明様。いくら年下でも、神様を締めるのは駄目です」

館長さんが渋い顔で言った。

――怖っ。神様を叱るの？　陰陽師、強すぎない？

恐れおののいていると、貫太がぴょんと跳ねて堀川さんの手に乗った。あんなに怖がってたのに。

「あのな、晴明様。あんまり強う叱らんといてや。ぼく、神様に会えて嬉しかったんやで。ぼくは本当に神様が住んではる町で育ったんや、って」

「そうか。では、叱るのは中止だ。会えて嬉しかったと言いに行こう」

篁さんが、ほっとした顔になった。

「これで貫太君の心残りが晴れるわね。行列の最中に見たのが牛頭天王様だと分かって、会いにも行けて」

時子さんが、細い指先で貫太の烏帽子をちょいちょいとなでた。優しい子なのだ。

「晴明様、私も御同行しますよ。私がご相談いただいた案件ですから」

「うむ。では例の件」

「心得ています」

黒い束帯が迫ってきて、ぼくは大きな手に頭をつかまれた。館長さんの手で視界が遮られている。

「わっ、いきなり何するんですか」

腕を振り回して抵抗しようとしたが、動けない。本を選んだときみたいに、操られているような感覚がある。

「冥府について人間に知られた場合は、記憶を消すことになっています」

「自分たちが教えたんじゃないですか！」

「まったくです。申し訳ありません」

あまり悪いと思っていない声で館長さんは話を続ける。

「卒論のことでお悩みのようですから、役に立つ物をテーブルに置いておきます。利用料は無料にしておきますので、存分にテーマを決めてください」

「教えてくれるんじゃないの？」

「人に頼ってはいけない部分ですよ。卒論のテーマは自分で決めましょう」

「うむ。あの先生もそう言うだろう」

堀川さんが言った。先生はたぶん、堀川さんの正体を知らないんだろうな。

「石動はん。迷惑かけてすまんかったな」

貫太が館長さんの肩に飛び乗った。館長さんの指の間から、その姿が見える。

「いいよ。ちょっと面白かった」

死んだ人ってもっと怨念が籠もってるのかと思ってたもんな。

「おおきに。連れてきてくれて、おおきに。ようさん勉強しいや」

おじいちゃんかよ。

実際、大人なんだっけ。ずっと神様を探してたんだな。

「良かったな。貫太君」

心から、良かった、と思った。もう迷わなくていいんだ。天道？　天国みたいなところへ行くんだっけ。

目の前が暗くなって、ぼくは紅茶の香りを思い出した。

美味しかったよな。そばにまだいるであろう貫太に、心の中で言った。

＊

がくん、と頭が揺れて目が覚めた。

せっかくの土曜日を居眠りで消費してしまった。

悔やみながら時計を見たら、からくさ図書館に来て一時間も経っていなかった。

紅茶の器は片づけてくれたみたいだ。美味しかったから、いつか誰かと飲みたいと思う。

テーブルの上には本が三冊積んである。雑誌のコピーらしき物も何枚か。

「うちの館長が置いていったの。弓矢町の何を書くか悩んでるって聞いて」

受付のデスクから、ワンピースを着た女の子が歩いてきた。この図書館のスタッフなはずで、紅茶を淹れてもらった覚えがあるのだけれど、名前が分からない。

「すみません。寝ちゃって」

「いいのよ。おつかれさま」

女の子は、卓上に積まれた本を一冊手に取った。

「わたしが見た感じでは、この本は絶対必要だわ。『祇園信仰事典』」

白いカバーに金色で『祇園信仰事典』と印字してある分厚い本だ。タイトルもデザインも、見るからに難しそうだ。

「難しいやつですか」

「楽ではないと思うけど、祇園と名の付く神社やお祭りについて網羅的に載せている本よ。辞典だから、用のある項目だけ読めば何とかなるわ」

年の割に難しい物の言い方をする子だ。十七、八歳に見えるんだけど。

「堀川さんのご紹介だから、今回は利用料を払わなくていいわ。ごゆっくり」

「あっ、ありがとうございます」

栗色の髪を揺らして女の子は受付に戻っていく。

二人きりだと緊張する——と思って閲覧室内を見回すと、斜め後ろの席に堀川さんがいた。着流し姿だ。初めて見た。

「こんにちは。いらっしゃってたんですか」

「暇だからな」

いつの間に来たんだろう。難しそうな本にたじろいでるところを見られてしまったのがつらい。

──堀川さんがいるうちに卒論のテーマを見つければ名誉挽回《ばんかい》できるかな。

そもそも挽回する名誉があったのか分からないけど、がんばろう。

他の二冊は、祇園祭に関する本だった。それに対して『祇園信仰事典』は、他の地域の祇園祭についても書いてある、らしい。

雑誌のコピーらしき物は、弓矢町の町内会のウェブサイトを印刷した物だった。

一回目の調査前から何度か見ているサイトだから、正直見なくてもいいかなと思った。だけどわざわざ印刷してくれたのはありがたい。

──先生が言ってた。『紙代もインク代も高いのに、ありがたいことや』。

ディスプレイではなく紙で読んでいると、ゆっくり頭に沁《し》みてくる感じだ。

弓矢町のそもそもの始まりは書かれていないけれど、江戸時代には武者行列はあった。甲冑が傷んだり人員不足だったりで、昭和四十九年を最後に武者行列は行われていない。

そう、昔作られた小さな甲冑を着て歩ける人を探すのに苦労したって調査で聞いた。

弓箭閣の壁に飾られていた昭和の白黒写真では、中学生くらいの男子が甲冑を着ていた。

――ところで昭和四十九年って、どういう時代？

確か戦争が終わって二十九年後だ。携帯電話も、ネット環境もない。

当時ネットがあれば、甲冑の修理をする人や武者行列に参加できる人も増やせたはずだ。

――何か、何か分かりそうだ。でも出てこない。

目が疲れてきた。立ち上がり、窓の向こうの庭を見る。薄茶色で膨らみかけの実を見つけて、弓箭閣の庭にも南天が植わっていたのを思い出す。

――ぼくは地域文化学科だよ。歴史学で攻めるのは難しいよ。

弓矢町の歴史は謎が多い。さっき女の子が見せてくれた『祇園信仰事典』は歴史学系の本で、弓矢町に関する記述はそう多くなかった。歴史学の先行研究が少ないんだ。必然的に、卒論を書くのは難しい。

――今まで、歴史学にこだわりすぎてた？

弓矢町の人は、歴史学的な秘密を解き明かしてほしいわけじゃない。ただ、ぼくたち学生の来訪を喜んでくれた。

もうちょっとで何かがつながる。

南天の樹を見つめていると、弓箭閣で見た光景が次々によみがえる。

和室に大きく広がった、神紋を描いた傘。

祭礼用の刀に彫られていた、傘持童子の文字。

弓箭閣に飾られていた白黒写真の、中学生くらいの男の子たち。

――弓矢町の武者行列にどれくらいの子どもが参加していたんだろう。

それならば、史料がありそうだ。武者行列は昭和四十九年まで行われている。そして昨日、堀川さんが抱えていたファイルは大正から昭和の記録だった。

――『弓矢町武者行列の児童生徒の参加とIoT活用の可能性』。

卒論のタイトルを紙にメモしてみた。

かつて武者行列に参加していた子どもたちがどれくらいなのか、記録から明らかにする。そして、現在行われている武具飾りや、将来復活を目指している武者行列への子どもたちの参加の可能性を、ネット環境の利用で探る。

頭で考える内容に手が追いつかなくて、読みづらい字で案を書いた。

書き終えて、傘持童子を描いてみた。男の子が、大きな傘を掲げている。たぶんこうだろうなと思い、黒い烏帽子を被《かぶ》せてみた。

「堀川さん」

書き終えたばかりの紙を片手に、堀川さんの席に近づく。

「大正から昭和の記録、もっと読みたいです」

堀川さんは手を差しだした。ぼくは自然に紙を渡す。

「そうか。見つけたんだな。おめでとう」

この人から「おめでとう」と言われるのは二回目だ。

「私からも、先生と相談しておこう。三回目の調査ではあのファイルの中身をじっくり見せてもらえるように」

「ありがとうございます」

弓矢町の何を卒論にするか。児童生徒の参加と今後のＩｏＴ活用が正解なのかは、まだ分からない。だけどもし先生に駄目だと言われたら、ここから応用できる気がする。

窓の外でツピイと可愛い声がした。

何という名前なのか、頭のてっぺんが黄色い小鳥が南天の樹に止まっていた。

「キクイタダキね。本当は、京都には冬にやってくるらしいけど」

「珍しいですね」

京都は不思議な街だ。千何百年も前から続く地名やお祭りがある。だから、ちょっと早めに冬の小鳥が来ても、たぶんおかしくはない。

＊

サルスベリの花期が終わり、花がら摘みの季節になった。実を結ぶ前に花がらを切り取らないと、栄養が取られてしまう。篁は早朝から脚立に乗って、サルスベリの花がらを剪定《せんてい》ばさみで切り落としていた。

「いよいよ本格的に秋が来るわ」

花がらを拾って籠に集めながら、時子が言った。

「時子様、どこへ行きましょうか？」

「わたしも牛頭天王様にお会いしてみたい」

てっきり観光地や今風の店を挙げると思ったので、篁は手を止めた。

「ちょっと篁に似ているもの。人助けがしたくて、晴明様が心を許している感じ」

「前半しか合っていません。断固として否定します」

「はいはい」

あまり取り合わない様子で、時子は花がら拾いを続ける。

「牛頭天王様は、貫太君を覚えておられましたよ。あの傘に入りたくなった、と思い出を語っておられました」

「神様が入れるように、頑張って傘を高く掲げていた甲斐《かい》があったわね。貫太君」

牛頭天王に会って、しばし言葉を交わした貫太は、ほんのひととき人間の大きさに戻った。そして咲き終わった花のように、小さな白い珠となって晴明に運ばれていった。善行を積んだ者たちが住む天道へと。

「あらためて、おつかれさま。篁」

「ありがとうございます。本業をおろそかにせずに済んで、ほっとしてますよ」

「石動君がもし冥官になったら、怒られるかもしれないわね。記憶を消したこと」

「ですよねえ。私が石動君の立場なら殴ります」

「篁と違ってそこまで血気盛んじゃないと思うわ」

庭仕事の手を止めずに言葉を交わす。時子が籠を抱えて井戸のそばへ向かう。大きな袋に花がらを貯《た》めて、市の指定通りに処分するためだ。

平安時代に生身の人間であった頃とは正反対の、おだやかな日常である。

「篁。こっちに来て」

時子が井戸端から手招きした。しゃがみこみ、双葉葵に手を触れる。

「双葉葵がどうしました？」

一年中葉が青々としている、賀茂社の力を受けた双葉葵だ。異変でもあったのだろうか。心配になり、脚立から飛び降りた。

「危ないことしないの」

「気になるじゃないですか」

「でも危ないのは厳禁」

叱られながら双葉葵の茂みを見る。ハート形の健やかな葉が群がる中、一枚だけ奇妙な葉があった。葉の真ん中に黒く「良」とある。

「賀茂社からの評価じゃないかしら」

「板が落ちてくるよりはマシですが、横着な成績表ですね」

「そんなこと言うと『悪』とか『不可』とかの評価がつくわよ」

――もしそうなったら、この人をさらってどこへ逃げようか。

黙りこんだ篁の腕を、時子がそっと押す。

「これからもこの調子で、ってことね」

「お心のままに」

笑顔を返して、篁は時子の髪にかかった花がらを指で優しく取り除いた。
——自分で取るからやめて、と言われるかな。
心配になったが、時子は「ついてたの？　ありがとう」と言っただけであった。

第四話・了

エピローグ

十月に入ると、からくさ図書館の裏庭に咲くのはムクゲだけになる。

ハイビスカスに形の似たこの花は初夏から盛んに咲いているのだが、秋の初めには花の数が少なくなる。今朝は樹全体を見ても、十も咲いていない。

「数が多ければ夏を感じられ、少なければすがすがしさを感じさせる。茶室に一輪だけ生けられるのも分かりますね、時子様」

「そうね。うちに茶室はないけど、もしあったら生けてみたい」

時子はムクゲの木から花を一輪切ったところだ。花ばさみをエプロンのポケットにしまい、茎の部分を大切そうに持っている。

「今日も『無駄なく一輪、真剣勝負』ですか？」

聞きながら、先に立って歩いた。閲覧室への扉を開けてやるためだ。

「ありがとう。ねえ、まだ見せてくれないの？」

時子は受付のデスクへ行き、ひとまず、とでも言うようにムクゲを一輪挿しに生けた。

「『思い出のアルバム』、夏の初めに聞いてから全然音沙汰がないけど？」

「えっ？」

このままとぼけるか否か、篁は迷った。

時子はエプロンのポケットから花ばさみを出すと、デスクに広げてあった新聞紙の上に置いた。ムクゲの葉を切り落として形を整えるためだろう。

――今なら抱き上げてもお互い怪我をしないわけだ。

不埒な連想を受け流し、時子への返事を考える。

「写真以外の要素も付け加えたら、かなり手間が増えてしまったんです。もう少し形になってから、進捗を報告しようと思っていたんですよ」

篁の返答に、時子は無言でうなずいた。

「実は楽しみにしておられましたか？」

「そうよ。悪い？」

時子が花ばさみを手に取った。花の姿を整えるからしばらくお喋りはストップ、という意図を篁は受け取った。

――時子様をじらしてしまうとは、私は罪深い存在です。

口に出せば確実に「気色悪い」と言われそうな感想を抱きつつ、篁はデスクの向こうのドアを開け、事務室に入った。右手には給湯室や二階に通じる階段があり、中央にはソファとサイドテーブル、そして左手には机と椅子がある。

——実は身近にあるんですよ、時子様。

机の引き出しから厚手の大きな封筒を取り出し、中身を確かめる。

壁にしつらえた横長の覗き窓から見ると、時子は切り落とした葉を紙でくるんでいるところだった。

「時子様。お待たせしました」

大きな封筒を見て、時子の目がきらきらと光る。わたしの先生が持ってくるのはみんな良いものだ——という信頼が感じられて面映《おもは》ゆい。

「製本もしていないばらばらの原稿ですが、持ってきましたよ。ちなみに全何十巻になるかまだ分かりません」

「長くない？　一緒にいたのは合計で、十二、三年でしょう？　通いの家庭教師をしてくれてたのが七年くらいで、この図書館ができてもうすぐ六年だから」

「長い、長い。六年も一緒に暮らしてるじゃありませんか」

葉のくるまれた紙を手に取って、篁は笑う。

「真剣勝負のムクゲ、きれいに生けられましたね。片付けてきますから、どうぞご覧ください」

片付けると言っても、事務室で捨ててくるだけである。戻ってくると、時子は封筒の中身をデスクに広げて見入っていた。ほとんどが肉筆画だ。

「懐かしい。隠岐の山羊《やぎ》。隠岐の花。隠岐の真っ黒な黒曜石」

描かれているのは、日本海に浮かぶ隠岐諸島の自然だった。

「流罪になった隠岐で、篁が描いた『隠岐自然抄《おきじねんしょう》』。もう一度描いたのね」

「時子様と出会ったきっかけですからね。手描きで復刻しているところです」

「道理で、時間がかかったわけね。日本画の画材を買ってきて、こつこつ描いてたなんて」

篁はかつて、遣唐使の副使に選ばれた。学識ある日本の大使として、中国大陸に渡る予定だったのだ。しかし正使つまり目上の人間によって壊れた船を割り当てられ、激怒した末に遣唐使制度を批判する漢詩を作って広めたため、罰を受けて隠岐へ流罪となったのだった。

「パワハラを批判して逆に周囲から責められるのは、現代と似てますね」

「現代とは違うでしょう。遣唐使制度を批判するってことは、当時の帝を批判するってことだったんだから」

「ですね」

時子は、たった二歳で斎院制度に運命を変えられた。権力の被害者という点では、篁よりもずっとつらい思いをしただろう。だからこそ、幸せにしたいと思う。

「篁の描いた『隠岐自然抄』が京で評判になって、写本が作られて、それをわたしが読んだから、家庭教師をお願いしたのよね。あの頃は、そんな言葉はなかったけど」

紙の束から、一枚の人物画が出てきた。

几帳《きちょう》の奥に座る栗色の髪の姫君と、几帳の手前に座る二人の貴族が描かれている。

「わたしと篁と、じじ様ね」

壮年の貴族は篁だ。書物を広げて几帳の向こうへ何か語りかけている。その隣にいる総白髪の貴族は時子の母方の祖父、滋野貞主《さだぬし》であった。

「じじ様が篁のお友だちだったから、じじ様が篁を呼んでくれた」

時子がデスクに置いた指をもどかしそうに動かす。知らず知らずのうちに二人の距離が近づいている。

「篁。いつも素敵なものを作ってくれてありがとう」

「いつも、ですか？」

「この図書館も、移動する別館も。名前は少し俗だけど、『思い出のアルバム』も」

「……もっと風情のある名前を考えます」

恋人同士なら顔を近づけるのかもしれないが、篁はムクゲの咲く庭に視線を投げた。

冥官となった自分たちには、時間がたっぷりある。時子との平穏な日々と未来のためなら、本館も別館もやっていける。

いつもより壮大な気分になっている篁をよそに、時子は一輪挿しのムクゲの角度を気にしていた。

あとがき

この本を手に取ってくださって、ありがとうございます。

四季の草花や年中行事、そして不思議な伝説に彩られた京都の暮らしが好きで、この本を書き上げました。

第一話の冒頭で書いた下鴨神社周辺は、流れる水も茂る緑も美しい場所です。なぜか来るたびに「帰ってきた」という言葉が浮かびます。「奥山に〜」の作者は『古今和歌集』では「よみ人知らず」ですが、『小倉百人一首』は猿丸大夫としています。本作では後者を採用しました。なお、和歌で鹿とともに詠まれる「もみぢ」はもともと萩の黄葉で、後に鹿と紅葉の組み合わせが一般的になったそうです。

第四話「傘持童子は祇園を歩む」には祭礼用の大きな傘が出てきます。この傘は実在する物で、弓矢町での史料調査に同席させていただいた際に拝見しました。模造刀に「傘持童子」と記し、弓矢町の武者行列では少年が傘を持つとしたのは作者の創作です。祇園祭の鉾の一つ「長刀鉾」に稚児が乗るように、祭礼では子どもも大きな役割を担うことから想を得ました。

前作から約二年の間が空いてしまいました。待ってくださった方々に、この場をお借りして近況を少々報告いたします。

二〇二三年三月に放送大学大学院の修士課程を修了したのですが、その後修士論文のダイジェスト版を公式サイトおよび『放送大学文化科学研究』第3巻に掲載するという有り難いお話をいただきました。在学時の担当教員である近藤成一《こんどうしげかず》先生のご指導を受けつつ、完成したのが二〇二三年十一月でした。

修士課程は小説家を続けながら二年で出られたけれど、一般公開のため修士論文を要約するのにさらに一年近くかかったわけです。四万文字を一万七千字に短縮しつつ新規性と独自性と一貫性を残し、かつ読みやすくする営みは初めての挑戦でした。

最近は、小説のプロットを組むのが早くなってきました。もしかしたら、修士論文の要約をしたのが効いたのかもしれません。プロットは小説の要約だからです。

商業小説と日本史研究、どちらからも離れられない作者ですが、今後も見守っていただけましたら幸いです。

最後に、担当編集のお二人と、今回も素敵な装画を書いてくださったユウノ様、作品世界にぴったりの装丁をしてくださったデザイナー様、取材にご協力くださった方々にお礼を申し上げます。

仲町六絵

〈主な参考文献・WEBサイト〉

鈴木耕太郎著『牛頭天王信仰の中世』法藏館
斎藤英喜著『陰陽師たちの日本史』KADOKAWA
真弓常忠編『祇園信仰事典 神仏信仰事典シリーズ10』戎光祥出版
榊原亜紀子著「『看聞日記』にみる唐物と銅銭—勝負事の景品として—」『放送大学文化科学研究』第3巻 放送大学
『看聞日記』にみる唐物と銅銭—勝負事の景品として—（放送大学機関リポジトリ）(https://ouj.repo.nii.ac.jp/records/2000018)
弓矢町町内会公式 弓矢町武具飾り (https://yumiyachobugu.wixsite.com/gionmatsuri)
高田祐彦訳注『新版 古今和歌集 現代語訳付き』KADOKAWA

＜初出＞
本書は書き下ろしです。

メディアワークス文庫

冥《めい》官《かん》・小野《おのの》篁《たかむら》の京《きょう》都《と》ふしぎ案《あん》内《ない》

~からくさ図《と》書館《しょかん》移《い》動《どう》別館《べっかん》~

仲《なか》町《まち》六《ろく》絵《え》

2025年1月25日　初版発行

発行者　山下直久
発行　株式会社KADOKAWA
〒102－8177　東京都千代田区富士見2－13－3
0570-002-301（ナビダイヤル）
装丁者　渡辺宏一（有限会社ニイナナニイゴオ）
印刷　株式会社暁印刷
製本　株式会社暁印刷

●お問い合わせ
https://www.kadokawa.co.jp/（「お問い合わせ」へお進みください）
※内容によっては、お答えできない場合があります。
※サポートは日本国内のみとさせていただきます。
※Japanese text only

※定価はカバーに表示してあります。

Printed in Japan
ISBN978-4-04-916271-4 C0193

メディアワークス文庫　https://mwbunko.com/

本書に対するご意見、ご感想をお寄せください。

あて先
〒102-8177　東京都千代田区富士見2-13-3
メディアワークス文庫編集部
「仲町六絵先生」係